JN213737

目次

執着系皇子に捕まってる場合じゃないんです！

聖女はシークレットベビーをこっそり子育て中

一章　欠陥聖女クララの恋

銀色の柔らかい光が礼拝堂の祭壇に瞬《またた》く。

白を基調とした聖女服には金の刺繍《ししゅう》が施《ほどこ》されており、清廉ながらも絢爛《けんらん》な印象を受ける。広がった袖口から延びるほっそりとした両手を組み合わせて、祈りを捧げている女性――クララはゆっくりと目を開いた。

神聖な光の粒を纏《まと》ったクララの姿を見た人々は、その神々《こうごう》しさに息をするのも忘れてしまう。

緩《ゆる》やかな青髪はまるで雄大な海のように深く、爽やかな空色の瞳は翳《かげ》りひとつない。湖の女神を連想させるような、麗《うるわ》しい聖女。

クララは一縷《いちる》の望みをかけてやってきた患者にとって、まさに女神そのものだった。

「これで病気は治りました。よく頑張りましたね」

「聖女様、ありがとうございます……っ！　ありがとうございます！」

「これからも、あなたに慈愛に満ちたる女神の加護があらんことを」

額《ひたい》を床に擦《す》り付け感謝を述べる患者に声をかけながら、クララは優しく手を握る。それから、ゆっくりと立ち上がった。

（ふぅ……この人が最後の患者ね。さすがに疲れたわ……。熱がもう上がりきってしまったみたい）

　このとき立っているだけでも辛いほどの高熱が出ていたが、クララは何食わぬ顔をして礼拝堂をあとにする。

　患者にとって、聖女は女神の使者。だから決して彼らの前で情けない姿を見せてはならないのだ。これはビアト帝国、九人目の聖女クララとして絶対に譲れない信念だった。

　中央塔を出て、クララは回廊に入る。人目がなくなると、張りつめていた緊張の糸が解け、ふらりとクララの体が揺らめいた。

　すると、クララの世話役であるハンナが体を支えてくれる。

「聖女様、大丈夫ですか？　私が肩をお貸しします。すぐに部屋へ戻りましょう」

「ハンナ……いつもありがとうね」

　クララの感謝の言葉に、薄茶色の髪を後ろで結んだハンナは琥珀色《こはくいろ》の目を細め、穏やかな微笑みを向ける。

「いえ。お勤めご苦労様でございました」

　ハンナに体を預けながら、クララは重たい足を動かして廊下を歩いた。熱で朦朧《もうろう》としており、足元はおぼつかない。

　するとカツカツという高圧的な足音が、前方から聞こえてきた。もはや足音だけで誰かわかってしまうほど聞き馴染んだ音に、クララは唇を引き結んだ。

銀縁の眼鏡から覗く薄灰色の瞳は、クララを蔑《さげす》むように見下ろしている。

「はぁ、また発作か？　全く、この神殿に割り当てられたのがこんな欠陥聖女でなければ、もっと寄付金を募れただろうに……。卑《いや》しい出自のお前に、貴《とうと》い神聖力は実に不釣り合いだ、そう思わぬか？」

「……ルジューア神殿長のおっしゃる通りでございます」

クララはこの神殿を取りまとめる神殿長に頭を下げた。クララをまるでゴミを見るように睨みつけてくる鋭い視線が、肌に突き刺さる。

「ならばもっと患者を治癒できるように、その体質をどうにかしたまえ。あぁ、愚かな頭ではそんなこともわからぬか」

「申し訳ありません……。もっと精進いたします」

出自や発作のことで嫌味を言われるのにはもう慣れた。いつもの通り、こうして頭を下げ、罵声がやむまでじっと耐える。

(神殿長のお怒りは理解できるけれど、毎日顔を合わせるたびに言ってこなくてもいいと思うの。それにしても、今日はかなり機嫌が悪いみたい。はぁ、早く横になりたいのに……)

この世に生まれ落ちたときからずっと一人だったクララにとって、こんなことは日常茶飯事だった。とはいえ衣食住を保障され、仕事を与えていただいている身なので、どちらかといえば恵まれた環境である。だから今さら落ち込むことではない。

けれど、毎回攻撃的な態度を取られて何も感じないわけではない。自分の努力ではどうしようもない生まれや体質のことで蔑《さげす》まれるのは、仕方ないとはわかっていても悲しい気分になる。

「聞いているのかっ‼」

「きゃ……っ！」

突然、頬を打たれて、クララは床に倒れ込んだ。神殿長は細身の体格なのに、どこからこんな力が湧くのだろうと、いつも不思議に思う。

頬から熱と痛みが広がっていき、ガンガンと頭が割れそうだ。

体を支えてくれていたハンナまで、転倒に巻き込んでしまった。

「神殿長、聖女様は今発作を起こしておりますので、どうかご容赦を……！」

「何が発作だ！　女神の尊《とうと》い神聖力を愚弄する下衆《げす》め！」

「聖女様に傷があっては、今後のお勤めに障ります。どうか……！」

ハンナが必死に頭を下げ、神殿長の怒りを収めようと努めてくれている様子を、クララは視界の端でぼんやりと見やる。

床に伏せたまま起き上がれないクララの青髪を、神殿長はぐしゃりと踏みつけた。頭皮からブチブチッと髪が抜けた音がする。

「うっ……！」

「まだまだ聖女の勤めが残っている。さっさと行動したまえ」

神殿長はそう言い捨て、立ち去っていった。

（あぁ、やっと終わったわ。床が冷たくて気持ちいい……。このまま眠ってしまいたいけれど、さすがに信者に見られてしまうわ。移動しないと……）

「聖女様、大丈夫ですか？　私の力不足で……申し訳ありません」

「ううん、ハンナまで……ごめんね……。怪我、してない？」

「私は大丈夫です。それよりも聖女様が……早く部屋に戻りましょう」

クララは再びハンナの手を借りて、自室へ向かってよろよろと歩き始めた。

現在、ビアト帝国には数十人の聖女が存在する。

聖女は〝神聖力〟という、人々の病気や怪我を治癒できる神のような力を持つ。神聖力は女性にのみ発現し、力の強さは人それぞれ異なる。強い力を駆使して治癒師として働く聖女もいれば、放浪聖女として国中を旅しながら人々に小さな癒しを与えている聖女もいた。

その中でも特に神聖力の強い九人の聖女は、国内にある九つの神殿に振り分けられ、そこで人々を癒している。

十三歳で強大な神聖力を発現させたクララは、ビアト帝国の北部にあるこの神殿で、聖女として民に女神の祝福を与えていた。

しかしクララは他の聖女と異なり、神聖力を使うと副作用として高熱が出てしまう特異な体質だった。そのせいで日々こなさなければならない聖女の勤め――つまり神聖力を使った治癒も、他の聖女たちほど数をこなせない。

神殿長はそんなクララを蔑《さげす》み、厭《いと》い、早く別の聖女が誕生しないかと、会うたびに嫌味をぶつけてきていた。そのせいもあり、クララは他の人々にも〝欠陥聖女〟と揶揄《やゆ》されることがあった。

「聖女の品位を下げている卑《いや》しい血」

「女神に見放された聖女」

「悪魔の手を取り神聖力を手にした聖女」

このように非難されることもあり、肩身の狭い思いをしながらも、クララは聖女の一人として人々の救いとなれるよう日々邁進している。

──下を向かないで。

そう言って、薄汚れた身なりの孤児だったクララに手を差し伸べてくれた、憧れの人。クララの初恋でもあるその人は、神が創り出した芸術品と見間違うほど美しい人だった。

宝石のように輝くバターブロンドの髪。

高貴な光を放つ紫水晶の瞳。

くっきりとした目鼻立ちに、迷いのない凛《りん》とした佇《たたず》まい。

『きれい……』

皇族の方々から聖女に任命される聖女の儀で、クララは女神よりも尊《とうと》いものを見た。

『君の名は？』

『クララ……です』

『そうか。立てるか？』

当時十三歳だったクララは、極度の栄養失調で真っ直ぐに立つことすらままならなかった。

それなのに、ビアト帝国の第二皇子という高貴な手が、骨ばった手を優しく握りしめてくれた。

そして小指に聖女の証《あかし》である指輪を嵌《は》める。

そのときのクララは、まるで絵本で読んだ王子様との結婚式みたいだと胸をときめかせた。

『強大な神聖力を持った君は、尊ばれる存在だ。その事実は何があっても覆《くつがえ》されることはない。胸を張って。堂々と生きるんだ』

そう言葉をかけてくれた憧れの人――ライオネルは、三歳年上とは思えないほど大人びていた。

(下を向かないで。胸を張って、堂々と生きる……)

親も友達もおらず、ゴミのような価値しかないと思っていた自分に、女神から与えられた神聖力という祝福。この力は誰に何と言われようと、誇っていいのだ。

人生に絶望していたクララは、初めて生きたいと――生きて立派に女神の使者としての役目を全《まっと》うしたいと思った。

クララは俯《うつむ》くのをやめ、美しい瞳を真っ直ぐに見つめた。

『私……これからがんばります』

栄養の足りない頭では気の利いた言葉が浮かばなかったが、なんとかそれだけを相手に告げる。

『期待しているよ。ビアト帝国九人目の聖女クララ』

ライオネルの唇が汚れた爪の先に触れた。

(私にとっての神は、ライオネル殿下だわ)

祭壇の奥に悠然と佇《たたず》む女神像なんかよりもずっと、ライオネルが輝いて見えた。

「……私ったら、またあのときの夢を見ていたのね」

こぢんまりとした小さな部屋にある、木製のベッドでクララは目を覚ました。

大量の汗をかいたせいで体がベタベタとしていて、気持ちが悪い。けれど数時間寝たことで、高熱はすっかり落ち着いていた。

発作はこうして安静にしていればすぐに治まる。聖女はその身に宿す神聖力のおかげで、元々高い自己回復力を持っているのだ。先ほど神殿長に打たれた頬の痕も、綺麗に治っている。

こうしてクララは毎日のように人々を癒しては倒れるように眠り、体を回復させていた。

「遠目からでもいいから、いつかまたあの人の姿を拝見できたらなぁ……」

夢で見た初恋の人の美しく凛々《りり》しい眼差《まなざ》しを思い出しながら、クララは服を脱ぐ。そして顔を洗い、水で濡らした布で体を清拭《せいしき》し、木製のチェストから清潔な聖女服を引っ張り出した。

「二十歳の誕生日の祝いに、女神様が夢を見せてくれたのかしら」

ふふ、と小さく笑みが漏れる。

今日はクララの二十歳の誕生日だ。正式には、孤児院の前に捨てられていたところを拾われた日であるのだけれど。

誕生日だからといって特別なことは何もない。けれど初恋の皇子様の夢を見ることができて、それだけで満ち足りた気分になる。

淡い恋心を大切に胸にしまって、クララは礼拝堂へ向かった。今日も聖女としてこなさなければいけない仕事が山積みだ。

「聖女様……！　体調は戻りましたか⁉」

「大丈夫よ。ハンナ、そんなに慌ててどうしたの？」

「お、お客様がお見えです。すぐに神殿長室へ向かってください！」

「……わかったわ。ありがとう」

ハンナのあまりの慌てように、嫌な予感が胸に湧き上がる。

クララは一つ大きく息を吐き、部屋を出た。


「クララです。失礼します」

神殿長室に入るとルジューア神殿長と、武装した騎士が三人佇《たたず》んでいた。

「君が聖女クララか」

「はい、そうです」

「我々は皇宮より派遣された近衛騎士である。聖女クララとルジューア神殿長に、国に虚偽の報告をした詐欺の疑いがかけられている」

リーダー格であろう、一際体格の大きい騎士が一枚の書類を見せつけるように掲げた。

そこには正式な書類であることを示す皇家の紋章が印されている。そこには、告げられた罪状と同じ内容が記載されており、容疑者としてクララと神殿長の名が書き連《つら》ねてあった。

やはり不吉な予感は当たった……とクララは泣きたくなる。

「恐れながら申しますと、嘘の申告をしたのは聖女クララです。私は聖女に言われるがままの数字を、国に申告したまで。彼女は自分の無能さを認めたくなかったのでしょう。あぁ、なんと嘆かわしいことでしょうか」

ルジューア神殿長の薄灰色の目が吊り上がり、まるでゴミを見るようにクララを睨《ね》めつけた。

（神殿長は私に罪をなすりつけて、厄介払いする気なのね……）

もちろん、クララは虚偽の報告などしていない。国から要請された治療に対応することで、お金が支払われているのだが、神聖力を使うたびに体調を崩してしまうクララは、依頼を十分にこなせないときがあった。それを神殿長はきちんと国に報告せず、不当に金銭を受領していたのだ。

「聖女クララ、今のルジューア神殿長の言葉に異論はあるか？」

騎士が冷徹な声で、クララに真偽を問う。

（ここで、違いますと否定したところで……なんの後ろ盾も身寄りもない私を、助けてくれる人なんていないもの。どうせ捏造した証拠でも突き付けられて、牢獄行きになるのが目に見えているわ）

ルジューア神殿長は伯爵家の出身だ。権力も財力も人脈も、すべてにおいてクララが敵《かな》うところはない。弱者は強者に支配される――孤児だったクララは、自分の身の振り方をよく理解していた。

「異論は……ありません」

クララは静かに目を閉じた。

悔しい気持ちはある。しかし、自分になんの力もないのは事実だ。いつものようにグッと腹に力を入れて、感情を封じ込める。

「では……聖女クララ。我々とともに来てもらおう」

「はい」

ガシャン、という重たい音とともに、両手が木の手枷で拘束された。前後を騎士に挟まれながら、クララは手枷の鎖を引かれる。

視界の端に顔面を真っ青にしたハンナや、他の神官たちが映ったが、クララは穏やかに微笑んだ。

「お世話になりました」

こうして七年間を過ごした神殿をあとにした。

(私は聖女として、どんなときも胸を張って堂々と生きるの――)

絶望的なときこそ、初恋の人の言葉を思い出すのだ。

「聖女クララには、帝都にある皇宮へ向かってもらう」

「わかりました」

騎士の言葉に、クララは是と答える。

雲ひとつない晴れ渡った空からの日差しが、やけに眩《まぶ》しく感じられた。


護送馬車に乗せられ、揺られること三日。

手枷をつけられたまま過ごすことにも、ようやく慣れてきた。

(我ながら環境適応能力の高さに呆れるわ……)

聖女になる前は孤児院で貧乏暮らしをしていて、聖女になってからも神殿で質素な生活を送ってきた。硬い床の上で寝るのはよくあることで、雑草や具のないスープで何日も飢えをしのいだこともある。神殿では働いて倒れてを繰り返しているうちに、二日間何も食べていなかったというのもザラだった。だから多少の不自由と我慢には慣れっこなのだ。

今は手が自由に動かせないだけで、あたたかな毛布は与えてもらったし、食事も具が挟まれたパンを支給されている。食べられるものを口にできて、壁と屋根があるところで眠れたら、十分人間は生きられる。

それに、二十歳の女性が濡れ衣を着せられて罪人として扱われたら、普通は泣き喚《わめ》くのだろう。しかしクララは楽観的に考えていた。

(さすがに死刑とまではならないわよね。ある程度の刑期を過ぎれば、おそらくまた外に出られるはず。そうしたら放浪聖女として辺境を旅しながら人々を治癒する……なんていう生活も素敵かもしれないわ！　七年も毎日働き詰めだったし、多少の休息期間だと思えば牢生活も悪くないかも。むしろ神殿から出られる良い口実になる)

クララは聖女として誇りを持っていた。何も持たないけれど、聖女である自分は唯一好きになれた。

見ず知らずの人たちが自分を求めてくれる。涙して感謝を伝えてくれる。自分の助けた人たちが幸せそうに笑ってくれる——

だからどんな環境下に置かれようと、聖女として誰かを癒せるのならばそれで良かったのだ。そこが神殿の中だろうと森の中だろうと、クララにとっては大差ない。

やがて馬車が止まり、到着した旨を告げられる。

「よいしょっ」

罪人とは思えないほどハツラツとした表情で、クララは護送用の馬車から降りる。

立派な皇宮を目の前に圧倒されながらも、うーんと伸びをした。

「これを被れ」

麻袋を頭に被せられ、視界を閉ざされる。手枷の鎖を引かれるまま、クララは仕方なく足を動かした。

（牢は地上だと嬉しいな。少しでもお日様の光を浴びたいもの。ただでさえ幽霊みたいに青白い肌をしているから……）

そんなことをぼんやりと考えながらしばらく歩いていると、どこかの部屋に通されたようだった。

足裏にはふかふかの絨毯《じゅうたん》の感触がある。

ここは牢ではないの……？　と不思議に思っていると、手枷が外された。重みがなくなり、一気に体が軽くなる。

「聖女クララをお連れいたしました」

「ご苦労。下がっていい」

「ハッ」

自由になった手をどうしたらいいかわからず、クララは着ていた聖女服を掴む。

頭には麻袋を被せられたままで、視界は暗い。

(手枷を外されたし……頭の袋は取ってもいいのかしら?)

目の前に人がいるようなので、クララは許しを得ようと口を開いた。

「あの、これを……」

「君がクララかい?」

心地よい低音の声に、言葉を遮《さえぎ》られる。

「はい。北部の神殿におりました、九人目の聖女クララでございます」

この男の人は誰なのか、ここはどこなのか……と疑問に思いながらも、クララは自己紹介をする。

「俺のこと、わかるかな」

麻袋を取られ、まばゆい光に目がくらむ。

黄金色の何かが日光に反射して、まるで稲穂のように輝いていた。

パチパチと数回瞬《まばた》きすると、ようやく視界が鮮明になる。

スッと通った鼻梁《びりょう》に引き締まった唇。黄金の髪の下で煌《きら》めく、紫水晶の美しい瞳。バターブロンドの輝く髪——何度も夢に見た、憧れの人が目の前にいた。

(え、あ、うそ、うそでしょおおっ!)

「ラ、ラ、ライオネル、皇子殿下……!?」

「正解」

驚くクララの顎を持ち上げ、ライオネルがじっとその瞳を覗き込む。

口づけできそうなほどの至近距離で見つめられて、クララはパニックになった。

(わわわ、なんでこんなところに……⁉　七年前よりもうんと色っぽい大人な男性に……！　わぁあっ、だめ！　直視できないいいいっ！)

あまりにも美しすぎるものは間近で見ると毒になることを、クララはこのとき初めて知った。

「あ、わ、あ、あの、わたし……！」

「俺といつ会ったか、わかる？」

「も、もちろんです！　聖女の儀を受けたときに、私に指輪を授けてくださったこと、鮮明に覚えておりますっ」

心臓をバクバクさせながらも、クララは必死に答える。発作ではなく、熱が出そうなくらいに顔が赤くなっているに違いない。

(なんかすごくいい匂いがするし、視線はどこに向ければいいのかわからないし、何よりこれは一体どういう状況なの⁉)

離れたいのに、顎を掴まれていて逃げられない。クララはその場に直立して、訊《たず》ねられることに答えるだけで精一杯だった。

「あぁ、あのときね。そのあとにも実は何回も会っているんだよ。わからないかな？」

「え……殿下と、ですか？」

十三歳で正式に聖女として認められ、北部の神殿に配属となってからは、一度も神殿の外に出たことはない。それに、神殿にライオネルが慰問に来た記憶もなかった。

クララが考え込んでいると、不意に扉の向こうからライオネルを呼ぶ声がした。ライオネルは鬱《うっ》陶《とう》しそうに扉のほうを一瞥《いちべつ》して、クララに向き直る。

「まだクララと話したいのに……。夜にまた来るから、それまでに思い出しておいて。じゃあ、ゆっくり休んで」

ライオネルはそう言い残して、部屋から颯爽《さっそう》と出ていった。

(ずっと憧れだった殿下に、またお会いできるなんて……！)

未だ衝撃を受けたままのクララは、ライオネルの後ろ姿の残影をぼうっと見つめていた。


「はぁ……私、牢に入れられるのではなかったの？」

ポツリと呟《つぶや》いた独り言が、湯が流れる音で掻き消される。

猫脚の浴槽にはたくさんの泡が浮いていて、クララが身じろぎするたびにこぼれ出ていた。

「聖女様、洗い足りないところはございますか？」

「ないです……」

誰かに湯浴みを手伝ってもらうなんて、こんな贅沢な経験は初めてだ。

一人で大丈夫だからと何度も遠慮したけれど、「クララ様のお世話をすることが、私どもの仕事でございます」と強く言われて、しぶしぶお願いすることにした。

「このあとはお食事を用意しております。苦手なものはございますか？」

「ないです……」

なぜこんな好待遇を受けているのか、不思議でたまらない。

そもそも自分は罪人として皇宮に連れてこられたのではなかったか。そんな立場でビアト帝国の第二皇子であるライオネルに拝謁できたことも、おかしな話である。

(もう何がなんだかわからないわ。これは夢なのかしら。起きたらいつものベッドで目が覚めたりして……)

着心地の良い最高級の布を使った衣服に身を包み、食べきれないほどのご馳走を与えられる。

クララの頭は、次第に現実逃避をし始めた。

(どれだけ思い返しても、殿下にお会いしたのは聖女の儀のときだけだし、この謎な状況については、聞いても誰も答えてくれないし……。こうなったら、せっかくだから満喫させてもらうわ!)

良くも悪くも、クララは環境に順応するのが早い。

このような贅を尽くした暮らしは、今後経験することはないだろう。罪人という自分の立場はいったん頭の外に追いやり、ここは一生の思い出として、ありがたく堪能させてもらおうと気持ちを切り替えた。

さっそくクララは高級茶葉を使った紅茶を味わいながら、本棚にあった恋愛小説を読み耽《ふけ》る。

神殿にいるときは、毎日休みなく神聖力を使っていた。ほんのわずかな休憩時間は女神に祈りを捧げたり、教養本やマナー本を読んだりしていたため、娯楽というものとは縁遠い生活だったのだ。

「世の中にはこんなに楽しいものがたくさんあったなんて、知らなかったわ!」

「クララが楽しそうで良かったよ」

「わっっ!」

いつの間にかソファの後ろにライオネルが立っていた。

部屋に入ってきたことにも気づかないほど、小説に熱中していた自分が恥ずかしくなる。

「ライオネル皇子殿下、いつの間にいらしたのですか？」

「今さっきだよ」

ライオネルがクララの横に座る。膝が当たるほど距離が近くて、またクララの頬が赤く染まっていく。

「身の程をわきまえず、くつろいでしまい申し訳ありません」

「そんなこと言わないで。これはクララの権利だから、当然のことだよ。それよりも……痛かったよね」

ライオネルはクララの手を取り、つい数時間前まで残っていた手枷の痕に唇を落とした。

柔らかな感触が肌に当たり、ドキンと胸が跳ねる。

「ごめんね、手枷なんてつけてしまって。でも、これはどうしても必要なことだったんだ」

「もう痕はないのでお気になさらないでください。あの、それよりも私はどうしてここに？　こんなに良くしていただく理由がわからないのですが……」

クララは戸惑いながら訊《たず》ねた。その間もライオネルが労《いた》わるように手首に何度も唇を押しつけてくるものだから、いたたまれない気持ちになる。

帝国で最も高貴な皇族という身分にもかかわらず、距離が近すぎるのではないだろうか？

かといって、小心者のクララには振り払う勇気もないけれど……

「そうだ、さっきの質問。前に俺に会ったこと、思い出せない？」

見事に質問をスルーされてしまった。

クララは仕方なく諦めて問いに答える。

「何度も思い返してみましたが、殿下に聖女の儀でしかお会いしておりません。そもそも私は神殿に入ってから一度も外へ出ていないので、お会いすることはないはずです」

「そうか、そうだよね。思い出してほしい気持ちもあるけれど、わからないのも当然か」

ライオネルは残念そうな声で呟《つぶや》くと、急に指を絡めて手を繋《つな》いでくる。まるで恋人のような距離感に、クララはどうしていいかわからず、あたふたとしてしまった。

「あのっ、殿下……！」

「そんな堅苦しく殿下なんて言わないで。ライって呼んでよ」

「なっ！　む、無理です！」

「どうして？　無理じゃない。クララには可愛い唇があるんだから、呼べるはずだよ」

じっと見つめられたかと思うと、指で下唇をふにふにと弄《いじ》られる。

（もうなんなの⁉　訳がわからないっ！　女神様、夢ならもう十分ですから起こしてくださいいぃ……！）

二十年間、男性と触れ合うなんて一切経験がなかった。クララのキャパシティをすでにオーバーしてしまっている。

聖女として生きる道筋を示してくれた、初恋の人――ライオネルに七年ぶりに会ったかと思えば、こんなに親密に触れてきて、純真無垢なクララは翻弄《ほんろう》されっぱなしだ。

これ以上は無理……！　と、クララはぎゅうっと目を瞑《つぶ》った。

「顔真っ赤にして……かわいい。これってキスしていい合図かな。読んでいた小説にキスシーンでもあった？」

「違いますっ！」

バチッと目を見開いてクララは反論する。

高尚な第二皇子と口づけていいはずがない。そこまでクララは身の程知らずではなかった。

「違ったか。でもせっかくだし、このままキスしてみる？」

「だっ、だめです！　皇子殿下なのですから、そういったことはご自身に相応《ふさわ》しいご令嬢となさってください！」

そう言ってクララは、グイグイと距離を詰めてくるライオネルの胸を押し返す。

この男性は皇族としての自覚はないのだろうか。一体どんな皇族教育を受けてきたのか……。この国の未来が心配になる。

「相応《ふさわ》しいご令嬢……君のことでしょ？」

「殿下、どこかで頭をぶつけてしまわれたのですね……！　よろしければ神聖力で治癒いたしましょうか⁉」

「ううん、至って健康体だよ」

「では、どうやら血迷っておいでのようです。私は聖女ですが出自は平民です。令嬢とは程遠い人間ですよ！」

「そんなこと気にしていたの？　関係ないよ」

「いやいや、大アリです！」

（全く話が通じない……！）

なんとかライオネルの暴走を抑えようと、クララは必死に説得する。

「それにそもそも聖女は、神殿の許可がないと婚姻や男性との接触をしてはいけないという規則があります！」

クララは一番説得力のある言葉を投げかけた。

聖女は女神の使いであり、神聖な存在として扱われる。そのため、有力貴族は聖女の血を一族に取り込もうと、政略結婚を望むケースが多い。

だが、貴族社会における権力の偏《かたよ》りを防ぐという目的もあって、聖女の婚姻や異性関係は神殿の総意で決められていた。たとえ皇族であっても、そこに干渉はできないのだ。

ここまで言えばさすがにわかってくれたはず――そう思い、クララは力強く顔を上げた。

「クララが聖女なら……ね」

ライオネルが整った顔で綺麗に笑っている。その含みのある笑顔に、ぞわっと悪寒がした。

「……どういう意味ですか？」

「そのままの意味だよ」

「わ、わかりません」

悪い予感がして、クララはその先を聞きたくないというように必死に首を横に振る。

「聖女でなくなったら、君はただのクララだ。ほら、何も問題ないよ」

クララはハッと息を呑んだ。

一気に全身から血の気が引いて、足がガクガクと震え出す。

「聖女の資格を失うことが……私の罰なのですか……？」

一番聞きたくなかった言葉を告げられて、涙声になる。

聖女である自分を誇りに思っていたクララにとって、これは最も辛い罰だった。

(聖女でなくなったら、私は本当に空っぽになってしまう……)

これだけはすんなりと受け入れたくない。クララは声を振り絞って訴えた。

「殿下、恐れながら……私の話を聞いてくださいますか？」

「うん、なんだい？」

弱々しく震えるクララの声とは対照的に、ライオネルは平然としている。

これが支配する人間とされる人間との違いなのかもしれないと、クララは漠然と思った。

「七年前……聖女の儀を経て正式な聖女となるまでは、正直自分の人生なんてどうでもいいと思っていました。しかし、殿下に声をかけていただいて……聖女として人々を癒せる自分に自信を持てるようになりました」

「俺が、クララを変えたと？」

「そうです。殿下は私にとって憧れの存在であり、人生を変えてくれた恩人です。私は殿下の言葉に支えられて、今まで生きてきました」

「それは嬉しいな……」

そう呟《つぶや》くライオネルの表情は取り繕《つくろ》ったものではなく、本心で喜んでいるように見えた。気のせいか、頬の赤みが増したようにも見える。交渉の感触としては、悪くない反応だ。

これならなんとか説得できるかも！　と希望の光が見えた。

「つまり七年間も俺のことを想ってくれていたということ……？」

「はい。人として皇子として、尊敬しています」

「じゃあ、男としては？」

「えっ？」

クララの顔がぽっと火照《ほて》った。まさか異性としてどう見えるかと訊《たず》ねられるとは思っていなかったのだ。

（さすがに殿下が初恋ですとは言えないわ……。身分をわきまえない卑《いや》しい人間だと思われてしまうもの）

クララは腹の奥底にグッと力を込めた。

「男性としてなど、畏《おそ》れ多いことです。一国民として殿下に敬意を抱いております」

よし、平常心で言えた！　と心の中で安堵していると、笑顔のライオネルのこめかみがピクピクと動くのが見えた。

「へぇー、そっか」

笑顔ってこんなに怖いものだっけ……と思ってしまうほど、その表情はどす黒い。

（私、変なこと言ってないよね……って、それよりも、聖女の資格剥奪を撤回してもらわないと！）

クララはライオネルの慈悲の心につけ入るように、懇願の目を向ける。

「殿下、お願いします。聖女の資格を奪われては、私、生きていけません……！　罪なら、別の形で償います。ですから、どうかもう一度考え直してはいただけないでしょうか⁉」

クララは勇気をもらうように、小指に光る指輪をぎゅうっと握りしめた。

聖女の証《あかし》である聖物の指輪は、神聖力を持つ聖女のみがつけられる特別なものだ。

「そうか。君にとって、その指輪はそんなに大切なものだったんだ。クララを傷つけるのは本意ではないしなぁ……」

硬く握りしめた拳《こぶし》を解くように、ライオネルの手に包まれる。

「うーん、それでは当初の計画が狂ってしまうな……。聖女でなくなることが一番手っ取り早いけど、その手段を取れないとなると時間がかかる……」

「あの……？」

「でも、クララにそう言われては指輪を奪うことはできないな。別の方法でいこうか」

何の話？　とハテナマークが飛ぶ。

よくわからないけれど、どうやら先ほどの発言は撤回してくれるようだ。

その別の方法とやらが何かは全く見当がつかないけれど……。でも聖女のままでいられるのなら何でもいい。たとえ地下牢生活となっても甘んじて受け入れよう。

そう覚悟していたのだが――

「えっ、あの、殿下？　何を……！」

安心したのも束の間、なぜかライオネルに膝裏を抱えられ、横抱きで運ばれた。ポスンとベッドに下ろされて、クララは大きく動揺する。

「君が聖女であるなら、なおさら俺のものだということを刻んでおかないとね。神殿の好き勝手にされては困るし」

「えっと……殿下が何をなさる気かはわかりませんが、神殿と皇家の仲が悪くなるようなことは、控えたほうがよろしいのでは？」

「できれば穏便に済ませたいと思ってはいるよ。でも、それよりも俺にはクララを手に入れることのほうが大事なんだ」

爽やかな笑顔を向けるライオネルに体重をかけられ、クララはベッドに押し倒された。

（へっ？　どういう状況？）

あまりの急展開に思考が追いつかない。

慌てふためく隙すらも与えられず、するりと部屋着の裾を持ち上げられた。

「えっ!?　殿下、こういうことは良くないと思います……！　きちんと手続きを踏んだ上で適切なご令嬢と――」

「クララは強行突破って言葉、知ってる？」

「えっ、あの、存じておりますが、今はわかりません……」

クララは涙目になって端整な顔を見つめる。にっこりと口角は上がっているのに、目が笑っていない。仄暗《ほのぐら》い空気を纏《まと》ったライオネルに、ぞくぞくと何かが背中を駆け上っていく気がした。

「聖女クララ、俺のものになって？」

「ぁ……わたし……」

「俺のこと、憧れていたって言ったよね。人として魅力的だと。じゃあ、本人の了承は得たということになるんじゃないかな」

（いやいや、それとこれとは別です、殿下……！）

さっきの言葉をどうやら都合よく解釈したライオネルは、クララの部屋着の襟元に手をかけた。そのままリボンを解き、ボタンを手際よく外していく。

「お待ちくださいっ！　殿下は今から何をするおつもりで――」

「男女がベッドの上ですることなんて、一つしかないでしょ。大人しく俺に食べられて？」

クララは、ひゅ、と息を呑む。心が全く追いつかない。

一方、ライオネルは心待ちにしていたプレゼントを開封する子どものように、布を開いていく。

この暴走皇子をなんとかしなければ……！

パニック状態のクララは、ライオネルの腕を両手で押さえ込み、必死に言葉をまくし立てた。

「私、全然美味《おい》しくないですよ!?　肌も青白くて死人みたいですし、色気もありませんし、初めてなので手腕もありません！」

「嘘つき。ほら、すごく美味《おい》しそう」

「ひゃんっ」

開かれた部屋着から覗く白肌を、ペロリと舐められる。生ぬるい感触に驚いて、変な声が出てしまった。

「ん、いい匂いがする」

「それはっ、さっき体を磨いてもらったから……っ」

「クララの匂い……ずっと嗅いでいたくなる」

いつの間にか両手をシーツに縫いつけられて、首筋に顔を埋《うず》められた。

熱くて肉厚な舌が鎖骨から耳までを何度も往復する。こそばゆい感覚が全身を巡った。

「ねぇ。男にこんなふうに触られるのも初めて？」

「あ……初めて、です」

「そっか」

ライオネルは嬉しそうに喉の奥で笑った。

クララが固まっているうちに、ライオネルは下着の紐を解いた。肌を覆っていた布の締めつけがなくなって、クララはハッと我を取り戻す。

「いけませんっ、殿下……！」

「クララ、今だけは余計なことはすべて忘れて。ここには俺と君の二人しかいない」

耳朶《じだ》を口に含みながら、甘ったるい声で囁《ささや》かれる。ぞくぞくと背筋が震えて、体温が上がる。

「俺は恩人なんでしょう？　憧れなんでしょう？　俺とこういうことするの、本当に嫌？」

「あっ、でん、か……まっ、んんん……」

耳全体を舐めまわされて、露《あら》わになった乳房を優しく揉まれる。

ライオネルに触れられていると思うだけで、胸が激しく脈打つ。

頭がくらくらして、次第に何も考えられなくなってきた。

(だめって、いけないことだってわかってる。わかってるけど……っ)

ずっと心の支えにしてきた、麗《うるわ》しの皇子様。

どれだけ高熱に浮かされても、蔑《さげす》まれてけなされても、ライオネルの言葉があったから前を向けた。聖女クララは、いわばライオネルに作られたようなもの。

——拒めない。

皇族だけが持つと言われる紫色の瞳を見つめていると、唇が近づいてきた。

そっとあたたかいものが触れる。一秒にも満たないほんの一瞬だったけれど、初めてのキスは柔らかくて、ドキドキと胸が高鳴った。

「キス、しちゃったね?」

「あ……」

「嫌だった?」

嫌なわけがない。顔が熱くて仕方がない。心臓が破れそうなほど暴れている。

クララの熱っぽく揺らいだ瞳を見て、ライオネルの喉仏がゆっくりと上下した。ライオネルは、困惑の表情を浮かべているクララの後頭部に手を添える。

「かわいい。顔、真っ赤になってる」

後頭部を引き寄せられて、抵抗もできないまま唇が塞がれる。ちゅっと音を立てるたびに、クララの肩が震えた。

(どうしよう。どうしようどうしよう……！)

逃げられなくて、振り解けなくて、恥ずかしくて――でも、嬉しいと思ってしまう自分がいる。

鼻先と鼻先をくっつけて、ライオネルが甘く囁《ささや》いた。

「じゃあ、俺のものになってしまおうか」

反論する隙も与えられず、唇を強く押しつけられると、こじ開けるように熱い舌が侵入してきた。奥に引っ込もうとする舌を搦めとり、粘膜同士を淫《みだ》らに擦《す》り合わせる。唾液が混じり合う音も唇を吸い上げる音も、すべてがクララの思考を溶かしていくようだった。

「ん……気持ちいい？　クララ……」

「はあっ、はぁ、はぁ……」

唇を重ねたまま、かすれた声で問われる。クララの息は絶え絶えで、空気を取り込むだけで精一杯だ。

「もっとクララが欲しい」

「んんっ」

息つく間もなく、また激しいキスが降ってくる。激情をぶつけるかのように、ライオネルの熱い舌から熱が伝わってくる。

「んっ……んうっ！」

口づけに気を取られていると、大きな手に胸を包み込まれた。そして、やわやわと揉みしだかれる。時折胸の突起を摘《つま》まれて、反射的に背がのけ反ってしまった。乳首を指で弾かれ、そのままころころと優しく転がされているうちに、そこは硬く膨らんでいく。

円を描くように撫でられたり、指の間に挟まれたり、勃ち上がった乳首を弄《いじ》られるたびに、甘い疼きが下腹部に溜まっていった。

（きもちいい……）

どれほどの間、唇を重ねていたのだろう。ようやく唇を解放されたときには息はすっかり上がっていて、体に力が入らないほど蕩かされていた。

「はあ……クララが俺の腕の中にいるなんて、夢みたい……」

恍惚とした低い声が、さらにクララの思考を溶かしていく。ぼうっとした頭では、幻想と現《うつつ》の境界がよくわからない。

体を起こしたライオネルが、クララの全身をじっくりと観察する。

部屋着は袖を通したままだけれど、ぐちゃぐちゃに乱れていて、クララの大切な場所はすべて曝《さら》け出されていた。

「すごい……真っ白で、まるで雪みたい。綺麗」

「や、みない、で……」

過重労働で食事を抜くことも多かった神殿での生活は、決して良かったとは言えない。陽に当たらない日もあり、クララの体は白く、痩せすぎていた。女性として魅力的な体ではないはずなのに、ライオネルは何度もクララを「綺麗だ」と言って、宝物に触れるかのように優しく撫でる。

（殿下、どうして……？）

恋愛経験皆無のクララは、まるで本当に愛されているように錯覚してしまう。

（欠陥聖女で、孤児の出の私が第二皇子に愛されるなんて、絶対にありえないんだから）

うぬぼれそうになる邪《よこしま》な心を無理やり追い払う。

「クララ、何考えてるの？」

「あっ……いえ……」

「俺だけを見て。他のことは考えないで」

言われた通りにライオネルを見つめると、アーモンド型の目が柔らかく細まった。

「そのまま……ちゃんと俺に愛されるところを見ていて」

ライオネルの唇が、色づき勃ち上がった乳首に吸い付く。その瞬間、ビリッとした痺れが背を駆け上った。

「ひゃうぅっ！」

クララは仔猫のような甘ったるい声を上げてしまった。その反応に気を良くしたらしいライオネルは、強く吸い上げたり、舌でねっとりと舐め上げたりと、緩急をつけてクララを味わう。

「あっ……」

力が入らず、クララは細い脚を持ち上げられ、大きく広げさせられるのをぼうっと見つめることしかできない。内ももに口づけを落とすライオネルに、引っかかっていた下着を剥ぎ取られる。秘裂を左右に開かれた瞬間、羞恥心《しゅうちしん》が爆発してしまいそうになった。女性の最も秘するべきところを見られているのだ。

恥ずかしさに耐えられなくなったクララは、シーツを思いきり握りしめた。

「大昔、女性の秘所を薔薇《ばら》に例えた画家がいたけれど、全くその通りなんだな」

「でんか……っ、そこはだめです……」

制止したもののライオネルが止まることはなく、生あたたかくて湿った舌がクララの恥ずかしいところを舐め上げた。蜜液と唾液が混ざり合う淫靡《いんび》な音を聞きながら、じわじわと迫り上がってくる快感を受け止める。

何度言っても、やめてくれないことはわかっている。クララはシーツを握りしめ、甘い刺激に身を震わせた。それにライオネルに触れられて、身分不相応にも喜んでしまう自分がいて――

（止めなきゃいけないのに……このまま殿下に溶かされてしまいたい）

ずっと心の内だけでひっそりと想ってきたライオネルに再会できただけでなく、こうして求められて触れられるなんて。こんな幸せなことがあっていいのだろうか。

「ねぇ、気持ちいい？　クララの声を聞かせて」

「あ……っ、んんっ……」

「クララの気持ち良くなるところ、教えて？　ここは？」

舐められてほぐされた秘裂に指を入れられる。十分に蕩けさせられたからか、痛みはほとんどない。内壁を擦《こす》ったり、出し入れしたりして、ライオネルはクララの悦《よろこ》ぶところを探る。

自分の内側を無理やり暴かれているような感覚に、はしたない声が出そうになって、クララは慌てて口を手で押さえた。

「必死に声を抑えられると、余計に暴きたくなるね」

「ん……？　んんうぅっ！」

「あぁ、肌が白いからすぐ赤くなるのか」

かぷっと噛みつかれた胸の膨らみが、じんじんと痺れる。見れば、薄《うっす》らと赤く痕がついていた。

その痕を、慰めるようにライオネルに舐められる。

「ほら、我慢しないで、声出して」

「でん、か……あっ、もう……ああっ」

「かわいい。なんでクララはこんなにかわいいの」

ライオネルは攻める手を止めてくれない。

いつの間にか指の本数を増やされ、さらに執拗に中をほぐされる。バラバラと動かされる指がある一点を擦《す》り上げると、ビクンと腰が跳ねた。

（や、なんかっ、くる……！）

ぞくぞくと甘い刺激が全身を巡って爆《は》ぜそうになる。初めての感覚にどうしたらいいのかわからない。

「あっ、あ、へんっ……へん、ですっ、でんか……！」

「すごくうねってる……いいよ、そのまま身を委《ゆだ》ねてごらん」

「やあっ、こわい……」

「俺に達するところを見せて」

蜜洞がきゅっと収縮し、ライオネルの指を締めつけると、刺激する指の動きがいっそう激しくなった。

必死の抵抗も虚しく、クララは絶頂に押し上げられる。その瞬間、瞼《まぶた》の裏に星が瞬《またた》いた。

「やあぁぁあー！」

声を押し殺す余裕もなく、背を弓なりに反らして打ち震えた。全身からどっと汗が噴き出し、肌を濡らす。上気した白い肌は薄《うっす》らと紅に色づいていた。

「あぁ、かわいいクララ……。もうとろとろになってる。痛くしないつもりだったけど、はぁ、無理かも……」

ライオネルは中からゆっくりと指を引き抜き、愛液で濡れた指先をぺろりと舐めた。クララを恍惚と見下ろす瞳は、壮絶な雄の色香を纏《まと》っている。

なかなか愉悦の余韻が収まらないクララの蜜穴に、不意に熱く硬いものが当てられた。

それが何かを認識したクララは、必死に薄れていた理性をかき集めた。

「でんか、それは、いけません……！」

「どうして？」

まるでクララのほうが間違っているとでもいうような声音で問われて、何も言えなくなる。

「クララ。聖女でなくなるか、俺のものになって抱かれるか……どっちがいい？」

熱のこもった紫水晶の瞳に射貫かれる。この問いかけで、クララはライオネルが求めているものを察した。

(殿下は神聖力を欲しがっているのだわ。だから、後ろ盾も身寄りもない聖女の私を手に入れようとしているのね……)

高貴な皇子様に熱烈に求められている理由がわかって、ようやく腑《ふ》に落ちた。

けれど、だからといって聖女の資格を放棄することはできない。クララは聖女であることが誇りであり、唯一の生きる道だから。これだけは絶対に譲れない。

究極の二択を突き付けられたクララには、最初から選ぶ余地などなかった。それをわかっていて、なお聞いてくるライオネルはたちが悪い。

「そんな……ずるいです……」

「ふふ、そうだね。でも、逃がす気はないんだ。どっちにする？　ほら、早く決めて」

ライオネルが腰をわずかに動かすと、雄の先端が浅いところに押し入ろうとしてくる。

「聖女を辞める？　それとも俺に抱かれる？」

淫《みだ》らに粘膜が擦《こす》れ合う感触に、またぞくぞくと身悶えた。

――殿下からは、逃げられない。

本能でそう確信したクララは降参した。

「……でんかに、抱かれたいです……あああぁあっ！」

「は——っ！」

指とは比べ物にならない圧倒的な質量がクララの中に押し入り、蜜壁を拓《ひら》いていく。引き裂かれるような痛みに、目尻に涙が浮かんだ。

「あ、いっ、いたぃ——！」

「クララ、クララッ……！」

ライオネルにぎゅうぎゅうと抱きしめられて、腰が密着する。

一息に貫かれ、凶暴な剛直を受け入れたクララは破瓜《はか》の痛みに襲われた。

何かに耐えるようなライオネルの吐息が耳元で聞こえる。

「ごめん、抱かれたいなんて言われたら、興奮して我慢できなかった……」

「まって、うごかないでぇ……！　いたいの、とまって……」

そう訴えたものの、初めて雄を受け入れた窮屈な蜜洞に、容赦なく屹立を抜き差しされる。

「体で覚えて。純潔を捧げた相手は俺だと。すべて俺から与えられたのだと刻みつけて……！」

ライオネルはたがが外れたように激しく腰を動かした。最奥を何度も突かれ、肌同士がぶつかる音がパンパンと響く。

「いた……い……、あっ、やぁあ……！」

「痛くしないようにと思ってたけどっ、抑えられない——！」

眉根を寄せ、必死に何かを堪《こら》えるように顔を歪ませるライオネルの表情には一切の余裕はない。

その顔を見ていると、なぜか胸が締めつけられた。

（まるで、私を求めているみたい……）

強引に奥を押し広げられる痛みと、内壁を擦《こす》られる気持ち良さが混じり、頭に熱が上る。

「あっ、あぁっ、でんか……！　口づけを、してください……！」

ライオネルが欲しているのは神聖力を持つ聖女だ。わかっているけれど、まやかしでもいいから彼に求められていることを実感したかった。

クラウが懇願すると、すぐに唇が重なる。「待って」や「止まって」は聞いてくれないのに、キスはすぐに叶えてくれた。

クラウは積極的に舌を絡め、行き場を失った唾液を一生懸命に嚥下《えんげ》する。

まるで恋人同士の交わりみたいだと錯覚して、甘い熱に浮かされる。勝手に体が内側に引き絞られるようにキュンと収縮した。

止まらない抽送を受け止め、キスをしているうちに、次第に痛みは消えていった。気持ち良さだけがむくむくと膨らんでいく。

「クラウは俺のものだ。絶対離さないから。わかった？」

「あんっ、んっ、んんっ」

揺さぶられて上手く言葉が紡げない。それ以上に訳がわからなくなっているクラウは、コクコクと首を縦に振った。

「ちゃんとクラウの口で言って。俺に聞かせて」

「あ……やあっ、はげし……！」

「クララ、言って」

「んあ……っ、ずっとクララは、でんかのものですっ、あぁあっ、やあああ――ッ！」

ズンッと一際深く貫かれ、あまりの快感にヒクヒクと痙攣《けいれん》する。

最奥を捏ね回され、目の前が真っ白になりかけたところで、ライオネルはクララの腰をがっしりと掴んだ。腰を浮かされて、深く体を押しつけられる。

「ひっ！」

先ほどよりも質量の増した肉槍が、さらに奥を目指して入ってくる。

「ああああっ、あぁ――！」

「はあっ、俺のクララ――……！」

奥壁を突かれて、子宮が揺らされる。つま先がピンと伸びてシーツを蹴る。

先ほどから快感が頂点に達したままで、戻ってこられない。

全身を震わせながら、中に吐き出される白濁を受け止めた。ドクドクとあたたかいものが流れ込んでくると同時に、胸が多幸感で満たされる。

ライオネルの大きな体が覆い被さってきて、ぎゅうっと密着した。

「はっ、はっ、はぁ……やっと、やっと手に入れた……」

「あ……」

ライオネルの恍惚とした声が遠くで聞こえる。

汗で湿った肌を重ねながら、クララは気絶するように意識を手放した。

包まれるように心地のいい、ふかふかのベッド。肌触りの良いシーツ。繊細な刺繍《ししゅう》が施《ほどこ》された掛布。

クララが目を覚ましたとき、朝寝坊を通り越して、時刻はすでに正午を過ぎていた。清潔で高級な寝具は、こうも睡眠を促進するのか……と感動する間もなく、クララは頭を抱えた。

「あああっ、やってしまったぁ……！」

ビアト帝国の第二皇子殿下、ライオネルと体を繋《つな》げてしまった。

（いくら求められたからといって、神殿の許可もなく異性と関係を持ってしまうなんて……それこそ聖女の資格を剥奪されてしまうわ！）

過去に想い人と内密に体を交え、神殿を追い出された聖女がいたと聞いたことがある。それくらい、聖女の異性関係には厳しいのだ。

ライオネルに抱かれようが抱かれまいが、結局クララの聖女剥奪は決定事項だったのかもしれない。

（もしかして、殿下がすでに神殿から許可を得ていて……？　いや、それはないわね。強行突破と言っていたし）

左手の小指を見ると、聖女の指輪は嵌《は》まったままだ。つまり、まだクララは聖女の資格を失ったわけではない。

しかしこのままここにいては、虚偽の報告をした詐欺の罪か、神殿の許可なくライオネルと関係を持った罪で、聖女の座を奪われてしまうだろう。

(私のばかっ！　でも初恋の皇子様にあんな風に求められて、断れる人なんていないわ)

ライオネルと交わったことに、正直後悔はなかった。純潔を初恋の人に捧げられたなんて、女性としてこんな幸運なことはない。

しかし皇子と元孤児の聖女では、この先ともに生きる未来はないのだ。

ライオネルとの甘い一夜は、大切な思い出として胸にしまっておこう。

「よし、逃げなきゃ」

ライオネルと体の関係を持ったことは、知られてはならない。

クララは勢いよくベッドから起き上がった。初めての性交渉だったが、自己回復力の高いクララは不調なくピンピンしている。

まずは着るものを探して、こっそり部屋から抜け出さなければ。

シーツを体に巻きつけて、クララは華美な家具を片っ端から開けていく。チェストから肌着類を、そして下町にも馴染みそうな地味なブラウスとスカートを発見した。

手際よく身なりを整えていると、ふと見慣れないものが目に留まった。

「これは……？」

左の足首に、銀細工の足環が嵌《は》められている。手の込んだ装飾が施《ほどこ》されており、羽根の文様が刻まれていた。

自分でつけた記憶はないから、おそらく眠っている間に誰かにつけられたのだろう。

留め具を探しても見つからない。足から抜けないかと無理矢理引っ張ってみたが、どうしても外せなかった。

(仕方ない……鍛冶屋にでも寄って、取ってもらうしかないわ)

それよりもライオネルが帰ってくる前に、ここから逃げ出さないといけないのだ。

顔を洗い、青髪に軽く櫛《くし》を通す。クローゼットに入っていた、洗濯済みの聖女服を袋に詰めれば、逃亡準備は万端だ。あとはどのように皇宮を出るか、である。

この部屋は四階にあり、とてもではないが窓から出ることは不可能だ。そうなると、扉から出るしか方法はない。

クララは、そうっと扉を開けて廊下を確認した。監視の者がいるかと思いきや、誰もいない。

今が好機だと、クララは部屋から抜け出した――はずが。

「えっ、えっ？　なんで？」

左足首につけられた足環に引っ張られて、部屋の中に戻される。

何度部屋の外に出ようと足を動かしても、強大な引力によって引き戻されてしまうのだ。

「なに、この足環……」

まるで悪さできないように鎖で繋《つな》がれたペットのようだ。

おそらく、クララが逃走できないように特殊な魔法道具をつけたのだろう。

「嘘でしょう……ここまでするの？」

そんなにクララの神聖力を手に入れたいのか。

ライオネルは昨夜しきりに「クララは俺のもの」と口にしていた。……もしかして、聖女を囲って愛玩したい趣味でもあるのかもしれない。

聖女の名を失えば、クララはただの身寄りのない女性だ。神殿の縛りから離れて、ライオネルの好きなようにクララを服従させることができる。

「私みたいな欠陥だらけの聖女は、殿下に相応《ふさわ》しくないわ……」

ライオネルのことは好きだ。昨夜、強引に純潔を奪われて少し痛かったけれど……そんなことは些細《ささい》なことだと思える程度には、ライオネルに恋情を持っていた。

ずっと恋焦がれ、会いたかった人だけれど、身分が違いすぎる。ライオネルは皇子として高貴なご令嬢を伴侶とするべきで、クララと結ばれて幸せになるなどという未来はない。

ならば死ぬまで聖女としての天命を全《まっと》うすることが、クララの生きる道だ。

「熱に浮かされながら逃亡なんて、ちょっと骨が折れるけれど仕方ないわ……」

クララは身に宿す神聖力をかき集め、それを足環に当てた。神聖力は人々を癒す尊《とうと》い力だが、圧縮して一気に解放すると、物理的に何かを攻撃することも可能なのだ。

パキパキ、と割れてようやく足環が外れた。

「取れた！　よし、熱が上がりきってしまう前に、早く行かなくちゃ……！」

神聖力を使った代償に蝕《むしば》まれる前に、皇宮から抜け出さなければならない。

クララは全速力で誰もいない廊下をひた走った。

干し草の独特な匂いがする。

ガタンと一際大きく揺れ、クララは木枠に頭をぶつけて目が覚めた。

「いたた……」

なんとか皇宮の一室から抜け出したクララは、方向もわからないままひたすら廊下を走った。人がいるのに気づくと、見つからないように隠れてどうにか外に出た。

人気《ひとけ》がないほうへ向かうと、馬舎があり、そこにはちょうど仔馬を移送するための馬車が停まっていた。神聖力を使った代償で高熱に浮かされていたクララは、気絶するように干し草の中に倒れ込み、そこで眠ってしまったのだ。

頭や服についた干し草を払いながら周りを見渡すと、すでに馬車は城下を抜けて田舎道を走っているところだった。

(運良く抜け出せたみたいで良かったわ！　でもこれからどこに向かえばいいのやら……)

当然配属されていた北部の神殿には戻れないし、クララには頼れる身内も友人もいない。しかし騒ぎが収まるまで、しばらく身を隠す必要がある。さすがに時間が経てば、ライオネルも諦めるだろう。

(しばらくどこかで身を潜《ひそ》めて、落ち着いたらまた聖女として人々を癒せたらいいな……。そしていつか身の丈に合う男性と出会って恋をして、家族ができたら……なんてね)

そんな淡い夢を胸に抱えながら、ぼんやりと雲ひとつない青空を見上げる。

この先どうやって生活していくのか。森の中で自給自足の生活をするのも悪くないが、それではこの身に宿す神聖力を役立てることができない。ある程度人口が多くて、帝都から離れた場所となると、国境近くがいいだろうか。

その前に、神殿に放浪聖女の申請をしておかなければ。偽名を使ってでも、聖女として籍は必要だ。聖女であることを証明するこの聖物の指輪は、患者を安心させてくれるものだから、なくてはならないのだ。

(とりあえず、人口の少ない北西部に向かって、北西部の神殿で放浪聖女として登録し直そう。定住地を探すのはそれからでいいわ)

そうして仔馬の移送馬車が町に着いたところで、クララはこっそりと荷台から抜け出した。

無一文で何も持っていない状態のため、町で小さな宿屋を営《いとな》む女将さんに、神聖力を使う代わりに宿代と食事代をまけてもらえないか頼み込んでみた。

「ずーっと悩んでいた肩こりと腰痛が、本当に一瞬で治るんだねぇ！　聖女様は本当にすごい！」

女将さんは快《こころよ》くクララを受け入れてくれた。何か事情があるんだろうと察して、世話を焼いてくれる厚意に甘え、そこでしばらく大人しく身を潜《ひそ》めることにした。

(世の中には優しい人もいるのね)

今まで孤児院と神殿でしか生活したことのないクララの目には、町で見る光景すべてが新鮮に映った。

出来立てのあたたかな食事を皆で和気あいあいと食べて、くだらない世間話で大笑いして。そんな当たり前の日常すらも、クララは知らなかったのだ。

欠陥聖女だと罵倒されることもなく、元孤児という身分を蔑《さげす》まれることもない日々は、クララの人生の中で初めて経験した、穏やかな時間だった。

しかし、ずっとこの町に留まっているわけにはいかない。北西部の神殿へ向かわなくては。

クララは怪我や病気に悩む人たちにひっそりと神聖力を使い、その見返りに金銭をもらった。町民たちには、神殿で支払う治療代に比べて破格の金額だと言われたけれど、多少の身の回り品と移動代さえ賄《まかな》えれば、それ以上の金銭は必要ない。

必要分を稼ぐことができたクララは、宿屋を出ることにした。

「短い間でしたが、お世話になりました」

「こちらこそありがとうね。またいつでもいらっしゃい」

「はい！」

外套《がいとう》のフードを深く被り、クララは北西部へ向かう乗合馬車に乗り込んだ。

ガタガタと馬車に揺られ、のどかな田園風景を眺めながら、ぼんやりと思考を巡らす。

（やっぱり私は神聖力が尽きるまで、聖女として人々を癒したい……！）

今回の町での滞在で改めて認識した。痛みや苦しみから解放されたときの、人々の幸せな笑顔——それを見ると、クララまで笑顔になる。高熱に浮かされる辛さよりも、達成感のほうが圧倒的に勝った。

（神聖力を求めていた殿下には申し訳ないけれど、殿下は殿下に相応《ふさわ》しい人生を送るべきだし、私は聖女としての天命を全《まっと》うするわ）

窮屈な乗合馬車に揺られながら決意を新たにしていると、クララは体に小さな異変を感じた。

（この不思議な感覚はなに……？）

臍《へそ》の下あたりから、変な気を感じる。女将さんが持たせてくれたパンが傷《いた》んでいたのだろうか。それとも慣れない馬車移動で疲れてしまったのだろうか。

聖女は自己回復力が高いので放っておいてもすぐに治るが、クララは念のため神聖力を全身に循環させて原因を探ることにした。女神から賜《たまわ》った、尊《とうと》い力が指先まで行き渡る。

目を閉じてその力に呼応していると、ふと下腹部に自分ではない別の命の波動を感じた。

「…………あっ！」

神聖力を解除し、思わず大きな声を出してしまった。周りの乗客たちに「すみません……」と小さく謝りながら、フードを深く被り直す。

視界が潤んでぼやけていくのを感じながら、クララはおそるおそる腹の下に両手を置いた。

（私と、殿下の、赤ちゃん……）

心臓が破裂しそうなほど大きく脈打つ。

自分の体の中に、新たな命が宿っている。

まさか、あの一回の交わりで妊娠するとは夢にも思っていなかった。しかも、父親は帝国の高貴なる血筋のライオネル第二皇子だなんて……

恐れ多くて指先が震えていたクララだったが、次第に驚きから喜びへと感情が移り変わる。

湧き上がる涙が抑えられない。ツンと鼻の奥に沁みてくる。

（嬉しい……）

今まで感じたことのないような感情が、クララを支配した。

クララは両親の顔も名前も知らない。もちろん愛情を受けたこともない。

だからいつか素敵な男性と恋をして、自分の家族が欲しかった。無償の愛で結ばれた、確かな絆にずっと憧れていた。

今、クララのお腹の中には小さな命が芽吹いている。血を分けた唯一のクララの家族だ。

絶対に結ばれることのない、ライオネルとの赤ちゃん。初恋であり、クララの生きる道しるべとなった憧れの男性との子だ。嬉しくないはずがなかった。

皇族の血を引くということがいかに大変なことか頭の隅では理解しつつも、クララは嬉しくて涙が溢れて止まらなかった。

「ひっ……ひく……う……」

必死に抑えた嗚咽《おえつ》が、車輪の音でかき消される。

こんなに幸せでいいのだろうか。

女神は無力で惨めな孤児に神聖力を与えただけでなく、家族《赤ちゃん》まで授けてくれたのだ。

クララは胸の前で両手を組み、女神に誓う。

（慈愛に満ちたる女神よ……感謝いたします。この先何があろうと絶対に、絶対に、この子を幸せにしてみせます！）

初めての妊娠で、父親もおらず頼れる人もいない。お金も家もない。この先に不安がないわけではないけれど、クララは自分のすべてをかけてお腹の子を守ると決意した。

薄っぺらい腹を、優しく撫でる。まだ芽吹いたばかりの小さな命が、確かにここにある。

(赤ちゃん……なんて愛おしいの)

今までの人生で受けてきた苦労や痛みは、すべてこの喜びのためだったと思えるほど、クララは幸福感に満ち満ちていた――

◆　◆　◆

「……やられた」

ライオネルは破壊された拘束の魔法道具の足環を手に取り、呟《つぶや》いた。

部屋から抜け出せないように設定した魔法道具は、南に位置する魔術大国から取り寄せた精度の高いものだ。いくら神聖力を持つクララであっても、破壊できないはずだった。しかしクララは、ライオネルの想像以上に強い神聖力を持っていたのだ。

「力を見誤った俺の落ち度だな……。ゾア、ラーテルを召集してくれ」

ライオネルはそばに控える騎士、ゾアードに声をかける。

ラーテルとは、第二皇子であるライオネル直属の諜報集団だ。表立ってできない捜査や裏社会の陰謀を秘密裏に調べ、時には取り締まる隠密行動のスペシャリストである。騎士よりもはるかに厳しい訓練を乗り越えてきた精鋭集団は、狙った獲物を逃がしたことは一度もない。

「もしかして……聖女様の捜索にラーテルを動かすのですか？」

「そうだけど？」

ライオネルは、さも当然という視線でゾアードを一瞥《いちべつ》した。

普段表情を動かすことのないゾアードがわずかに眉をひそめ、切れ長の鋭い黒目がさらに吊り上がる。伯爵家の出身なのに傭兵のような物騒な見た目をしているが、ライオネルに対する忠誠心は本物だ。

「クララを見つけ次第、すぐに監視、護衛をするように通達しろ。あと、男には近づけさせるな」

ライオネルの最愛が逃げ出したのだ。その捜索と護衛を、その辺の柔《やわ》な騎士に任せられないのは当たり前だ。

「拘束せず、自由にさせておいてよろしいのですか？　新たに拘束の魔法道具を用意することも可能ですが……」

「クララの神聖力は思っていたよりも強力だった。今皇宮にある魔法道具ではどれも破壊されてしまう。すぐにもっと強力な拘束力のあるものを作るよう依頼する。クララを捕まえるのはその準備が整ってからだ。それに他にやらなければならないことができた。俺はそっちを優先する」

「左様ですか。確かに何度も捕まえて逃げられて、では嫌われてしまいますからね」

嫌味を言うゾアードを鋭く睨むと、彼は無表情のまま首の後ろを掻いた。

「そんなに聖女様が大切でしたら、俺が護衛を務めますが？」

「いや、捜索と護衛はラーテルの者に任せる。ゾアには別のことを頼みたい」

ライオネルはゾアードの周りを意味深に一周し、ぽんと肩に手を置いた。

「……嫌ですよ」

「まだ何も言ってないじゃないか」

「殿下がそう言うときは、大抵碌《ろく》なことがありません。何年の付き合いだと思っているんですか」

普段は無表情を貫く無粋な男だが、ライオネルの前ではよく不快そうに眉をひそめている。

主人であるライオネルに対してこのような態度を取れるのも、幼馴染であり親友である二人の関係性があるからこそ。

剣術の腕も優秀で、頭の回るゾアードは、ライオネルにとって欠かせない大切な側近だ。

「ゾアにしか頼めないんだ」

「はぁ……そう言えば、俺が言うことを聞くとでも思ってます？」

「思ってる」

ギロリと鋭い黒目が睨《ね》めつけてくる。深緑色の髪に手を当て、ゾアードは諦念の溜め息をついた。

「一応、念のために聞いておきましょう。内容は？」

「北の隣国、ワグ国に潜入してきてほしいんだ」

「聖女信仰の厚い、ワグ国ですか」

ビアト帝国は北のワグ小国と南のホーギア魔術大国に挟まれている。

北のワグ国は険しい山脈に連なる地形で、他国との親交があまりない、孤立した国だ。聖女誕生の地と言われ、聖女を多く輩出する国と聞くが、真実は定かではない。

「具体的に、ワグ国で何をすればいいのですか」

「近々、本格的にワグ国と和平交渉に入りたい。ゾアは向こうで情報を集めてほしい」

「和平交渉については前々から話に出ておりましたが、毎回和睦の使者を追い返されております。今回も使者を送るだけ無駄なのでは……」

「俺が直々に赴《おもむ》くつもりだ」

「なるほど……何か秘策があるのですね？」

相変わらず察しが良いなと、ライオネルはゾアードを見る。

本来はクララから聖女の資格を剥奪し、神殿から解放する予定だった。そして彼女と結婚し、思う存分新婚生活を満喫してから、ワグ国の事案に取り組もうと思っていた。

しかし、クララは聖女であり続けることを強く望んでいた。今まで散々苦労してきた彼女の心を傷つけるようなことはしたくないし、何より彼女に嫌われるようなことはしたくない。

聖女と結婚するには神殿の許可が必要だ。しかし皇家と神殿は互いに監視、牽制し合う関係のため、聖女をもらい受けたいと神殿に打診しても許可が下りないだろう。

であれば、聖女クララを手に入れる方法は一つ。功績を挙げて、その褒賞としてクララとの婚姻を望むのだ。

これがライオネルのもう一つの計画の全容だった。

「ゾア、頼むよ」

多少時間がかかってしまうが、クララのすべてを手に入れるためには仕方がない。

手元に置いて、安全を守りながら少しずつ愛を育《はぐく》めたら……と思っていたが、まさか逃亡されるとは思っていなかった。

とはいえ、クララはずっと神殿で働き詰めだったから、少しくらい羽を伸ばしたいという気持ちはわからなくはない。

(仕方ない、少しの間だけ自由にしてあげるよ。でもすぐに迎えに行くからね。今度は聖女クララとして、君を捕まえてみせる)

自身が育て上げた、一流の諜報集団から逃げられるはずがないのだから。

ライオネルは窓から雲ひとつない青空を見上げる。美しい空色は、クララの瞳を想像させた。

今頃どこを逃げ回っているのか。その姿を想像するだけでも愛おしさが増してくる。

「……まさか殿下が、そんなに九人目の聖女様に入れ込んでいるとは思っておりませんでした。本当、よく飽きませんね」

「クララは本当に可愛いんだ」

「逃げられましたけどね」

「ふっ、どこまでも追うさ。絶対に逃がしはしない」

ライオネルの異常ともいえるクララへの想いに、ゾアードはやれやれと肩をすくめた。

＊　＊　＊

ライオネル・イヴ・ビアトはビアト帝国の第二皇子として生を受けた。

頭脳明晰《ずのうめいせき》な兄、人懐っこい弟、菓子が大好きな天真爛漫《てんしんらんまん》な妹に囲まれて、恵まれた環境で育つ。

将来は兄の右腕となるべく、皇族として国の発展のために帝王学を学び、武術を学んだ。さらに皇族の公務として、幼い頃から儀式や祝典に参加し、第二皇子としての役目を果たしている。

そして十六歳になった頃から、ライオネルは重要な任務を任されるようになった。

――神殿の監視である。

神聖力を求心力とし、人々の心の拠り所となる神殿と、生活の基盤となる政治経済の中枢を担う皇宮。二つのバランスが保たれてこそ、帝国の平和は維持されるのだ。

神殿がきちんと帝国民に対して女神の信仰を伝えているのか、神聖力を使って不正を働いていないか、皇家に対して反逆心を抱いていないか――それらを直々にライオネルが監視することになった。

さっそくライオネルは、ホーギア魔術大国から極秘に仕入れた変身の魔法道具を使い、実在する神官になりすました。そして国内にある九つの神殿を回り、潜入調査を行った。

(神殿とは……独特な空気感だな。皇宮が良いというわけではないが、神殿はなんというか……息が詰まる)

日常の些細《ささい》なことまで女神の名を挙げて崇拝する。良いことも悪いことも、すべては女神の思し召しだ。論理的でない思想は、帝王学を学んできたライオネルにとって理解し難《がた》いことが多かった。

しかも神聖力を宿す女神の使者、聖女はその権力を振りかざし、豪遊生活を送る者もいた。

（一人目から四人目までの聖女の生活は目に余る……税の配分を考え直す必要があるな。金ではなく、一部を小麦や穀物に変えるか……）

神殿には聖女の働きに応じて、帝国民から徴収した税を振り分けている。

ライオネルは聖女たちの資料を見ながら、この先どう対処すべきか頭を巡らせた。

（ん？　この九人目の聖女は……確か孤児の出だったな。働いた金銭すらも神殿長に搾取されているのか。可哀想に）

九人目の聖女クララだけは他の聖女とは異なり、非常に質素な生活を送っていた。

「欠陥聖女なのだから、それ相応の生活となっても仕方ないだろう」

「聖女様ご本人も納得している。我々が口を挟む問題ではないんだ」

北部の神殿に勤める神官は皆、口を揃えてそう言った。

ライオネルは別の神官になりすまし、神殿の隅々まで調査を進めていく。その過程で偶然、礼拝堂で患者を癒す聖女クララを見た。その清らかな横顔を見ると、なぜか胸がぎゅうっと切なく軋《きし》む。

（神聖力を解放すると高熱が出る体質とは……気の毒な聖女だな）

「無事に終わりましたよ。もう大丈夫です。これからもあなたに慈愛に満ちたる女神の加護がありますことを」

「うぅ……っ、ぼく、もうママが死んじゃうかもって……っ」

「大丈夫よ。お利口の坊やを産んで立派に育てたママを、女神は見捨てないわ。だから坊やもこれから素晴らしい人にならなくてはね」

「うんっ、うん……！　ぼく、がんばる！」

「ありがとうございました、聖女様……！」

粗末な身なりの患者にも分け隔てなく救いの手を差し伸べ、声をかけるクララは、高熱を出していることなど微塵も感じさせない微笑みを浮かべている。

礼拝堂から出て、廊下を歩くクララだったが、不意にその体が大きく傾く。

ライオネルは咄嗟《とっさ》に手を出し、体を支えていた。見て見ぬふりなどできなかった。

「聖女様、大丈夫ですか？」

「はぁっ、はぁ、はぁ……」

聖女服越しにも伝わってくるほどの高熱。前髪は汗で張りつき、頬は真っ赤になっていた。

(さっき少年に笑いかけていたときは元気そうに見えたのに……すごい精神力だ)

ふらふらになってまで神聖力を使って患者を癒すクララに、手を貸してやりたいと思うのは偽善なのかもしれない。

「部屋までお運びします」

「はぁ……あり、がと……」

ライオネルはクララを横抱きにすると、聖女の部屋とは思えない粗末な部屋に入り、彼女をベッドに下ろす。そして手巾を水に濡らし、クララの額《ひたい》に載せた。目を瞑《つぶ》っているので眠ったのだろうか。

「そこまでして、聖女として働かなくてもいいのに……」

北部の神殿に潜入調査に来てみると、クララの働き方は異常だった。人々を治癒しては倒れて休み、回復すればまた人々を癒す。空いた時間はひたすら聖書や教育書を読み、女神像の前でひざまずく。ときには食事をとる時間もないほど、クララは常に働き詰めだった。

ライオネルよりも三歳年下の、まだ十三歳の少女なのだ。年頃の少女らしく、外で遊んだりしたいだろうに……

そんな思いを、ライオネルはつい口に出す。

すると、クララの目が少し開いた。

「あなたは、神官、ですか？」

「あ……はい。帝都中央神殿より短期派遣でこちらに参りました」

「そう、ですか」

てっきり眠っていると思っていたが、まだ起きていたようだ。

素性がバレないように言動には気をつけないと、と姿勢を正す。

「聖女は……下を向かないんですって」

「聖女様も一人の人間ですよ」

「それでも、あのひとに、また会えたときに……」

「あの人……女神ですか？」

「いえ、女神よりもすてきなおうじさま……」

ライオネルは思わずふっと笑みを漏らした。女神の使者である聖女が、まさか好きな男を女神よりも素敵と言ってしまうなんて。

女神信仰の強い神殿で、毎日女神像に祈りを捧げながら、心の内では淡い恋心を抱えている。クララもただの可愛らしい少女なのだ。

そのまま眠ってしまったクララを見て、ライオネルは掛布を首元までかけてやった。

狭い部屋を出て、本来の任務に戻る。

どうしてか、あの可哀想な聖女のことが脳裏に焼きついて離れなくなっていた――


こうしてライオネルは定期的に魔法道具で変身し、神殿の監視という任務に従事した。

痩せこけた十三歳の少女は七年の時を経て、清廉な美しい女性へと成長した。

(別の神殿にいる、傲慢で強欲な聖女とは大違いだ)

高熱に苛《さいな》まれながらも、立派に聖女としての務めを果たすクララの姿は、慈愛に満ちて素晴らしい。

しかし神殿長や他の神官はそんな彼女を虐《しいた》げ、過酷な労働を課す。

ライオネルは十六歳から神殿の監視という任務に就いていたが、その間にわかったのは、驚くほどに神殿の内部は腐りきっているということだ。

九つある神殿にそれぞれ分配される税金や、帝国民から集まる寄付金で贅沢三昧の神殿関係者たち。その多くは貴族出身者で、歴代の聖女の血族にある家門だった。

与えられた金で遊んでいる者はまだいい。最も酷いのは北部の神殿――クララが所属する神殿だった。

神殿長であるルジューア・レバロは伯爵家の出身。本来ならばクララに渡されるはずの聖女の給金もすべて自分の懐《ふところ》に入れ、クララには最低限の生活をさせていた。

（クララに暴力を振るい暴言を吐くだけでなく、過酷な労働を課した上に給金も与えないなんて……底辺以下の人間だな。何が女神に仕える清廉たる神殿長だ、馬鹿馬鹿しい）

調べれば調べるほど、非道な環境が浮き彫りになる。

けれど皇族であっても、神殿内のことについては干渉できない。

各神殿に分配される税の使い道や、神殿で奉仕する者の労働時間や給金の配分などは、神殿に権限がある。

神殿は女神を讃え、その使者である聖女を信仰する。人々はその神のみわざである神聖力を敬《うやま》い崇め、心の拠り所にして生活を送っている。

皇家が神殿を非難すれば、信者である多くの帝国民は皇家に刃を向けるだろう。神殿は帝国民の心を掌握《しょうあく》しているといっても、過言ではないのだ。

だからこそライオネルは神殿に対して、下手に手を出せないでいた。そのことがひどく歯痒かった。

（ルジューア神殿長……いっそのこと野犬にでも襲わせようか？）

次第に、クララに害をなす人物に殺意が湧いてくるほど、ライオネルは彼女が気になっていた。

だが、この気持ちは兄が妹を心配するような親愛だと言い聞かせる。

この日も、いつものように患者を治癒したクララは礼拝堂を出た。

(また倉庫で倒れたままになったりしないだろうな……)

クララはよく自室に戻ることもできず、人気《ひとけ》のない倉庫や食糧庫の床に横たわって眠り、体力を回復させることがあった。

せめてベッドでゆっくり休ませたいと、ライオネルはこっそりクララのあとを追いかける。

クララは壁に手をつきながらも、なんとか自室へ向かっていた。

(今すぐ駆け寄って抱きしめてあげたい……)

ぐっと拳《こぶし》を握りしめるが、見守るに留《とど》める。

そんな中、前方からルジューア神殿長がやってきた。

「また見苦しい姿を晒《さら》しおって……全く、北部の神殿の威厳は、穢《けが》らわしい欠陥聖女のせいで底辺だ」

「……申し訳ございません……」

ルジューア神殿長の暴言に苛立《いらだ》ちが募るが、変装している今は我慢だ。

パァアン――と甲高い音が回廊に響く。横面を打たれたクララは倒れ込んだあと、足で頭を床に擦《す》りつけられていた。

(くそっ、助けてやることもできないなんて……っ)

強く握りしめた拳《こぶし》は爪が手のひらに食い込み、出血していた。

長々と酷い言葉を浴びせられたクララは、抵抗することなくひたすら謝り頭を下げる。

「そんなに熱が出るなら、これで冷ましたらどうだ」

床拭き用のバケツの濁った水が、クララの頭にかけられる。

（なんて酷い……！）

ようやく気が済んだらしいルジューア神殿長は、高笑いをしながら去っていった。クララは再びよろよろと立ち上がる。

耐えられなくなったライオネルは、クララを横抱きに抱えた。

「えっ……あなたは確か、帝都中央神殿の……」

「部屋までお運びします。お勤めご立派でした」

「……ありがとう、ございます。でも、あなたまで汚れてしまいます」

「気にしないでください」

このとき、クララの睫毛《まつげ》から雫が一粒落ちた。

それを見た瞬間、ドクンと大きく心音が鳴り、全身の毛が逆立つような欲情が湧き起こる。

「ごめんなさい……ありがとう……」

そう言って、クララはライオネルの腕の中で身を震わせた。どれだけ発作で苦しくても今まで凛としていた彼女が、初めて弱さを見せた瞬間だった。

いかなるときも気丈に振る舞っていたクララが、自分の腕の中で素の顔を曝け出している――そのことにとてつもない歓喜と執愛が膨れ上がる。

（クララが欲しい）

このまま皇宮へ連れ去ってしまいたい。

今すぐその涙を拭いて慰めてあげたい。

恩愛に満ちた可憐な瞳を、自分にだけ向けてほしい――

自分の中にある偽善心が、執着心へと変わった瞬間だった。

「……なんら恥じることはありません。自分を傷つけながらも人を癒すあなたは、人の痛みを知っています。あなたは誰よりも、優しく強い聖女様です」

「……ふふっ」

ライオネルの言葉に、クララは指で濡れた頬を拭《ぬぐ》い、柔らかく笑った。青みが増したその瞳がアクアマリンのように輝いて見える。

「あなたはまるで……皇子様みたいなことを言うのですね」

「聖女様は……女神は我々を救ってくださると思いますか？」

どうしてだろう。女神を信仰する神殿で、女神の使者である聖女にこんなことを質問するなんて馬鹿げている。そう思うのに、なぜか口に出していた。

「私にとっての女神は、すでに何度も私を救ってくださっています。きっとあなたにも、あなただけの女神が現れますよ」

「僕だけの、女神……」

「ええ、きっと……」

そう言うと、クララは腕の中で眠ってしまった。

高熱に浮かされながら意識を失う儚《はかな》げな姿は、七年前から変わらない。

部屋に入り、クララをベッドに横たえようとして、全身びしょ濡れだったことを思い出す。さすがにこのまま寝かせるわけにはいかない。

「……失礼しますね」

ライオネルは背中にあるホックを外し、聖女服を脱がす。

（なんだかすごくいけないことをしている気分……）

だが、これは人助けなんだからと思い直し、チェストに入っていた衣服を取り出す。

着替えさせようとしたそのとき、クララの痩せた体にいくつもの痣《あざ》があるのを発見した。先ほどの神殿長からの暴力の痕だ。

「いつか必ず、迎えにいくから」

内出血の痕をそっと撫でると、じわりと傷がほんの少し癒えた。聖女は自己回復力が非常に高いとは聞いていたけれど、ここまでとは驚きだ。

「はぁ、はぁ、はぁ……」

苦しむクララに、ライオネルはできる限りの看病をした。

自分の中で不確定だった恋心が、確信に変わる。

聖女と皇族は基本的に婚姻を結べない。けれどこのとき、ライオネルは絶対にクララを手に入れると女神に誓った。

そうしてライオネルは使えるものはすべて使って、クララを手に入れる計画を練り始めた。

二章　聖女と皇子の攻防戦

ひんやりとした風が吹き抜ける、のどかな辺境の地。

ワグ小国との国境に位置するビアト帝国最北端の地で、クララは暮らしていた。

この一帯は周囲を断崖絶壁で囲まれている。天恵の要塞であるこの地は、『聖女の地』または『聖域』と呼ばれていた。唯一この地に繋《つな》がる洞窟が、神聖力を持つ者しか通れないという不思議な聖石でできているためだ。

この地に集落を作ったのは、大昔の大聖女だという逸話《いつわ》が残っている。各地で政治の駒として扱われ、人権を無視された聖女たちを守るために作ったのだという。

故《ゆえ》にこの聖域に住むのは、聖女を引退した元聖女たちばかりだ。

「ユリビスー！　どこにいるのー？」

クララは家々が並ぶ中央広場で遊んでいるはずの愛息子、ユリビスを呼ぶ。

五歳になったユリビスは遊びたい盛りで、こうしていつの間にかクララの前から消えてしまうから困ったものだ。

「おやおや、ユリビスはまたいなくなったのかい？　元気が良すぎるのも困ったものだねぇ」

「本当です……。大婆様からも叱ってやってくださいませ」

クララに声をかけたのは、優しい目をした老婆だ。この聖域を守っている大婆様には、大変お世話になっている。

皇宮を抜け出しライオネルとの子を身ごもっていることに気づいたクララは、聖域の存在を思い出した。頼れる者がいない状態で、安全かつ内密に子どもを出産するためには聖域に逃げるしか選択肢がなかったのだ。

大婆様は、突然この地にやってきた身重のクララを快《こころよ》く迎え、世話を焼いてくれた。

――聖女の地は、どんな理由があろうと聖女を受け入れ、保護する。

大聖女の思いを、この地の元聖女たちはしっかりと受け継いでいるのだ。

こうして無事に出産し、ユリビスが元気に成長できているのも、大婆様と元聖女たちのおかげだった。

「あっ！　お母さん、ばば様！」

ひょこっと木の幹の後ろから顔を出したユリビスは、頭に枯れ葉を載せ、頬には土汚れまでつけている。

ユリビスは右目に眼帯をつけており、本来の瞳の色を隠していた。左目は宝石のように美しい金色の瞳だ。

「もうユリビスったら、どこへ行ってたの？　こんなに汚して……またうさぎでも追いかけていたの？」

「えへへ。今日は真っ白な鳥を見つけたんだ！　とってもきれいだったんだよ！」

クララはバター色の髪に絡まった葉を払い、ハンカチで頬を拭《ぬぐ》う。

「二人は先に湯を使っておいで。わたしはスープを温めておくよ」

「大婆様、ありがとうございます」

「わぁいっ！　なんのスープかなぁ、楽しみ！」

「あっ、こら、ユリビス待ちなさい……！」

「ほほ、元気なこと」

再び全速力で駆け出していったユリビスを、クララは必死に追いかけた。


「んんん……もう眠い……」

「歯を磨いて先に寝室へ行きなさい。おやすみ、ユリビス。愛してるわ」

「うん。おやすみなさい。お母さん、ばば様」

夕食をお腹いっぱい平らげたユリビスは、もう就寝の時間だ。

クララは頬におやすみのキスをして、二階へ上がっていく小さな背中を見送る。

「子どもが大きくなるのはあっという間だねぇ。この地には子どもがいないから、友人ができなくてユリビスは寂しいかもしれないね」

「そうですね……。いつかはここから出なければいけないとわかってはいるのですが」

この安全地帯から抜け出す勇気が、あと一歩のところで出ない。

ずっと聖域に引きこもっているのは、ユリビスの将来のためにも良くない。もっと教育環境の整った場所へ移動するべきだ。

ユリビスが五歳となり身の回りのことも自分でこなせるようになったため、時期としてはそろそろ……と思ってはいる。

だが、聖女であるクララは再び聖域に戻って来られるけれど、神聖力を持たないユリビスは違う。だからこそ、どうしても慎重にならざるを得なかった。

「そうだ。クララが欲しがっていた帝国新聞が届いたよ」

「ありがとうございます！」

食後の紅茶をゆっくりと味わいながら、新聞を広げる。

大見出しには『ついにワグ国との和睦が成立！』と大々的に書かれていた。その立役者として、ライオネル第二皇子殿下の名が載っている。

「ついにワグ国と和平条約を結ぶことができたんですね……」

「ワグ国は聖女信仰の厚い国。わたしたち神聖力を持つ者にとっても、この和睦は新たな道への第一歩となるだろうね」

「そうですね……」

和平条約締結の見出しの下には絵姿があり、その下に小さく『ライオネル第二皇子殿下がお連れになったワグ国第一王女。二人の結婚はもはや秒読みか⁉』と書かれている。

（殿下もついにご結婚なさるのね……）

ツキン、と胸が痛む。

ライオネルが身分の釣り合う高貴な令嬢と結婚することは、わかりきっていたのに……やはり胸が苦しくなる。

(私にユリビスを授けてくれて、殿下には感謝しかないわ)

ライオネルと体を繋《つな》げたあの出来事から六年も経つのに、未だに消えない恋心を恨めしく思う。意外にも自分は恋愛を引きずるタイプなんだと、初めて知った。

――よし。

この記事を見て、クララの心はようやく固まった。

(私も前に進まなくちゃ！)

「大婆様……これを読んで決心がつきました。私、そろそろこの聖域を出ようと思います。聖女として、多くの人々を癒したいんです」

「……そうかい。ユリビスはどうするんだい？」

「もちろん一緒に行きます。ホーギア国なら余所者《よそもの》にも寛容ですし、聖女がいないので稼ぎ口にも困らないと思うんです」

「確かにあの国は自由を重んじる国だからね。移動先としては最良だろう」

「今なら世間もこのニュースで持ちきりですし、この機に乗じて動きたいと思います。準備が整い次第、出発しますね」

大婆様は穏やかに微笑み、クララの決意を二つ返事で受け入れてくれた。

「いつかこの日が来ると覚悟はしていたよ。でも、寂しくなるねぇ……」

「大婆様……っ」

今まで散々世話になったことを思い出して、クララの目から涙がこぼれそうになる。

「大婆様にはどれだけ感謝してもしきれません。大婆様と出会って、人の優しさに触れて……ここで過ごした六年間は、幸せな毎日でした」

「わたしも、とても楽しかったよ。まるで孫とひ孫ができたようだった」

六年間の思い出が走馬灯のように蘇《よみがえ》ってくる。

ユリビスが初めて言葉を話したとき。

ユリビスが初めて立ったとき。

ユリビスが初めて熱を出したとき。

何もわからない出産、子育てで不安でいっぱいだったクララに寄り添い、支えてくれた大婆様。

無償の愛を注がれることが、こんなに幸せであたたかいことだなんて知らなかった。

「クララ、泣きなさんな。母親だろう、しっかりしなさい」

「はいっ、はい……！」

「いつでも帰ってきていいんだよ。クララの神聖力は弱くなれど、決してなくなることはないのだから」

この聖域はわずかでも神聖力を持つ者なら、誰でも来られる場所だ。

聖女は年を取るにつれて神聖力が弱まっていく。そして新たな聖女が誕生すると、聖女を引退するのだ。とはいえ、人々を治癒できるほどの強い神聖力はなくなり元聖女となっても、死ぬまで神聖力とともにあり続ける。

「この日のために用意しておいたよ。出発の日、ユリビスにこの薬を飲ませなさい」

「大婆様、これは……？」

ガラス瓶に入った白い薬液を受け取りながら、クララは訊《たず》ねる。

「ホーギア国から手に入れたものだよ。これを飲めば二週間、瞳の色を変えられる。ユリビスの右目は秘さなければならない……そうだろう？」

「とても助かります……。ありがとうございます、大婆様」

ユリビスの右目は、皇族の証《あかし》である紫色だ。ビアト帝国で紫の瞳を持つ者は皇族のみ。

ユリビスの出自を隠すため、生まれたときから外に出るときは常に右目に眼帯をつけていた。

この事実を知るのは大婆様だけである。

「瞳の色が左右違うのも、ビアト帝国では目立つだろう。この薬を飲めば、両目とも平凡な茶色に変化する。この薬の効果が切れる前にビアト帝国から出るんだ。できそうかい？」

「はい！」

「いい返事だ」

最初から最後まで、大婆様には世話になりっぱなしだ。

新たな地へ行き、生活が落ち着いたら絶対に大婆様に恩返ししなくては。

(大切な人ができると、それだけで強くなれる気がするわ)

こうしてクララは自分の未来、そしてユリビスのために旅立つことを決意した。

それから数日後、二人は聖域の外へと繋《つな》がる洞窟を抜けて、森の中を少し歩いた先にある小さな街にやってきた。

「わぁ、これが街……！　あれが本物のお馬さんなんだ。すごいね、お母さんっ！」

初めて聖域から出たユリビスは、目にするものすべてが新鮮に感じるようだ。

「眼帯をしなくていいなんて、すっごくいい気分だよ！」

「お母さんも、ユリビスのお顔がよく見えて嬉しいわ」

「えへへ、僕も！」

「ユリビス、お母さんとの約束は覚えてる？　言ってみてごらん」

クララはしゃがんでユリビスと目を合わせ、問いかける。

キャラメル色に変化した瞳を好奇に輝かせて、ユリビスは答える。

「うん。一つ、お母さんから離れない。二つ、目のことは誰にも言わない」

「えらいわ、ユリビス」

クララは、ぎゅうっと愛おしい我が子を抱きしめる。

ユリビスを守るためなら、なんだってできる気がした。

「お母さん、僕たちはどこへ行くの？」

「南にあるホーギアという国へ向かうの。魔法がたくさんある、楽しい国よ」

「へぇ、魔法……！　お母さんの手から出るキラキラの光と一緒？」

「お母さんのは神聖力だから少し違うけれど……似たようなものね」

新たな地へ向かうことに、幼い息子が恐怖心を抱いていないようでほっとする。

聖域という閉鎖的な地で育った反動か、目にしたことのないものには飛びつくように反応するのだ。

「どんな場所なのかなぁ……楽しみ！」

「お母さんも行ったことがないから、楽しみだわ」

「でも僕、赤い屋根に黒い壁のお家には行きたくないなぁ……」

「赤い屋根に黒い壁のお家……？　お母さんもそんな悪趣味な家には住みたくないわね」

街にそんな家があったのだろうか。それとも絵本に出てくる悪魔の家だろうか。

突然ユリビスが表情を曇らせたものだから、クララは不安を払拭するように微笑みかけた。

「ユリビスのことは絶対に守るから、大丈夫よ。お母さんの神聖力は強いんだからっ！　知ってるでしょ？」

握り拳《こぶし》を作ると、ユリビスは「そうだね！」と安心した様子で笑顔を見せる。

「馬車を乗り継いで十日はかかってしまうけれど……頑張れる？」

「お馬さんが運んでくれるんでしょう？　もちろん、僕頑張るよ！」

前向きで純粋な瞳を見て、くすっと笑みが漏れた。

クララとユリビスはこうして無事に乗合馬車に乗り、南を目指した。

木枠だけがある荷台に、人々が体を寄せ合って座り込む。舗装されていない山道はガタガタと揺れが激しく、次第にお尻が痛くなってきた。

大人でも体が疲れてしまうような環境だったが、ユリビスは文句一つ言わずじっとしている。

（ユリビスは本当にお利口だわ）

我が子がここまで我慢強いとは思っていなかった。幼い子にとって、長時間の移動は苦痛でしかないはずなのに。

（私も……多少のことは我慢しないと。五歳のユリビスがこんなにも頑張っているのだから）

クララは深く外套《がいとう》のフードを被り、顔が見えないようにする。

先ほどから同じ馬車に乗車する男性たちから、ジロジロと見られている気がしていた。まるで値踏みをするような、いやらしさを感じる視線を不快に思いながらも、クララは息を潜《ひそ》めて耐える。

孤児院、神殿、そして聖域と、閉ざされた場所で過ごしてきたクララは、外に出て自分の容姿が人の目を引くものだということを初めて自覚した。

青髪に水色の瞳というのは、この国ではあまり見かけない珍しい色彩らしい。神殿勤めをしていたときは、自分の容姿なんて気にしたこともなかったし、患者から褒められても聖女として敬《うやま》ってくれているからだと思っていた。

「若いな……まだ二十代くらいか」

「子どもがいるぞ。既婚者か？」

「馬鹿言え。既婚者が顔を隠して、まるで夜逃げするみたいに馬車に乗るわけないだろうが」

男性たちの会話が聞こえ、ぶるっと悪寒がして自分自身を抱きしめる。明らかにクララのことを指す言葉に、恐怖心を感じた。

「お母さん……」

「どうしたの？　寒い？」

「……ううん。大丈夫」

クララはしがみついてくるユリビスの頭を撫でる。

（私が不安そうな顔をしていたら、ユリビスまで不安になってしまうわ。毅然としていなくちゃ）

やはり若い女一人と子どもだけで、帝国を縦断することは難しかったかもしれない。

（次の停留所で一旦降りよう。護衛を雇うか、馬車を借りるか……。お金、足りるかしら……）

ユリビスの秘密を守ることももちろん大切だが、それ以前に身に危険が降りかかったら元も子もない。最悪、小指に嵌《は》めている聖女の指輪を売れば、事足りるはずだ。

大切な我が子を守るためなら、宝物だって手放せる。

母となり、守るべき大切な子ができたクララはしたたかな女性になっていた。


日が暮れる頃になり、ようやく停留所に着く。

今夜はこの小さな街の宿屋に泊まって、明日の朝馬車を借りてこよう。

そう決めたクララはユリビスの手を引き、宿を探して歩き始めた。

「坊ちゃーん。おやつをあげようか？」

そう声をかけてきたのは、同じ乗合馬車に乗車していた男性たちだ。

「小遣いやるから、向こうで遊んできな。ちょっとママに用があってな」

ニタ、と下衆《げす》な笑みを浮かべながら近づいてくる三人の男性を見て、ユリビスはクララの足にしがみついた。

「大丈夫よ、ユリビス」

クララは腹の奥に力を込めて、笑顔を作った。

守ってくれる人は誰もいない。ユリビスと自分を守れるのは自分だけ。

手が震えている。こんな悪意のある視線で見られたことがないので、怖い。

――下を向かないで。堂々と胸を張って。

ふと、神殿勤めしていたときに毎日呟《つぶや》いていた魔法の言葉を思い出す。ライオネルの、あの言葉を。

クララは顔を上げて、男性たちと向き合った。

「あなた方に用などありません。お引き取りください」

「子どもと二人旅なんて苦労も多いだろ？　俺たちが手伝ってやるって言ってんだ。なぁ？」

「ああ、そうだとも」

「結構です」

じりじりと詰め寄ってくる三人の男を前に、自然と後退する。

クララはいつでも攻撃できるよう、体の内部に神聖力を集約させた。

あまり街中で目立つ行為はしたくなかったが、ユリビスを守るためにはなりふり構っていられない。クララは覚悟を決めた。

そのとき、クララを大きな影が覆った。

「失礼、何かトラブルか？」

豪奢《ごうしゃ》な騎士服に身を包んだ男性が、クララと男たちの間に割って入る。腰には剣を提げており、胸にはいくつも徽章《きしょう》がついていた。

それなりの地位にある騎士と思われる男性は、クララとユリビスを庇うように、男たちに鋭利な視線を向ける。威圧感のある目力に圧倒され、男たちは一歩後ずさりした。

「チッ……」

位の高い騎士だということを察した男たちは、悪態をつきながらもその場から立ち去った。さすがに人の目があるところで悪さできなかったのだろう。

クララは力を抜き、集めていた神聖力を解いた。騎士道精神に溢れた騎士のおかげで大事《おおごと》にならず、ほっとする。

「騎士様、ありがとうございました」

クララは軽く頭を下げて、そのまま早々に立ち去ろうとユリビスの手を握った。

「待ってください」

「あの、何か……？」

呼び止められて、フードの下から騎士と視線が合うと、漆黒の切れ長な目が大きく見開かれた。

「青い髪に空色の瞳……あなたはもしかして……」

その言葉にドクンと胸が騒ぐ。

この場所は北部の神殿にも通じる街道のある、小さな街だ。聖女クララの顔を知っている者がいてもおかしくはない。ただでさえ、クララの容姿は目立つのだ。

（逃げなきゃ……！）

クララはユリビスを抱きかかえ、走り出した。

「あ、ちょっと……！」

慌てて呼び止める騎士の声が後方から聞こえたが、止まる気はない。身を隠せる場所へ逃げるべく、クララはひたすら足を動かした。

「きゃあっ！」

「危ない！」

突然、目の前に現れた人影に気づかず思いきりぶつかってしまった。

その人物は、反動で転びそうになったクララをユリビスごと抱き留める。その瞬間、衝撃で被っていたフードが取れて、緩《ゆる》やかな青髪が宙を舞った。

「ごめんなさい……っ」

咄嗟《とっさ》に謝罪したものの、顔面を曝け出したことに気づいて青ざめる。

（うそ、正体がバレてしまう……っ）

急いで俯《うつむ》いてフードを被り直そうとしたけれど、遅かった。

「……クララ？」

名を呼ばれて慌てて上を向くと、そこには美しい紫水晶の光があった。数回しか見ていないのに、どこか懐かしく感じる色合いに、心臓が早鐘を打つ。

「……!!」

聖域にいる間もずっと胸の内に想っていた、ライオネル皇子殿下だった。

艶《つや》のある黄金色の髪に弓形の眉、すっと通った鼻筋に形の整った唇は、以前よりもさらに洗練されているように見える。クララを抱きしめる逞《たくま》しい体は、以前よりも分厚くなった気がした。

六年の歳月を経て、さらに大人の色香を漂わせるライオネルに目を奪われて、ドキドキと胸が高鳴る。

「殿下……」

「会いたかった……。ずっと、ずっとクララに会える日を待っていたよ」

頬に手を添えられ、まじまじと見つめられる。クララに向けるライオネルの視線は、まるで宝物を見つめるかのように甘い。

「お母さん、この人はだあれ?」

ユリビスの声に、クララはハッと我に返る。

これまで視界に入っていなかったのか、ユリビスの存在に気づいたライオネルは一転して顔を歪ませた。

「お母さん……?」

(ああああぁっ、まずい!!)

一番会ってはいけない人に、出立早々に再会してしまうだなんて――！

ライオネルに有無を言わさず皇族専用の馬車に乗せられ、夜道を進む。

馬車の座席にはビロードの生地が使われており、ふかふかで乗り心地は最高だ。馬車の周囲は護衛の騎士たちに囲まれており、安全対策も万全である。

にもかかわらず、この状況にクララは危険を感じていた。

（外套《がいとう》も着て毛布までかけているのに、寒い……寒すぎるわっ！）

向かいに座るライオネルから発せられる殺気で凍えそうになる。確かに、何も言わずに皇宮から逃げ出してしまったけれど、六年という時間が解決してくれたと思っていた。まさかライオネルがこんなに根に持つタイプだったとは。

ランタンの明かりでぼんやりとしか表情が見えないのは幸いだった。ただでさえ白いクララの肌が、幽霊のように見えただろうから。

移動でぐったりと疲れてしまったユリビスは、馬車に乗るや否や、クララに膝枕されてすぐに眠ってしまった。

「クララ」

「はいっ！　殿下は何年経ってもお変わりなく――」

「説明、するよね？」

六年ぶりの再会なのだから、まずは挨拶《あいさつ》を……と思ったが一蹴された。

「説明とは……何のことでしょうか？」

クララがとぼけて首を傾げると、ライオネルは長い足を組み替えて口を開いた。

「クララが俺の前からいなくなった理由と、その子どもについてだよ」

ライオネルはユリビスにちらりと目を向けた。クララをお母さんと呼ぶ、ユリビスの正体を気にしているのだろう。

(落ち着いて……落ち着くの。大丈夫、バレやしないわ)

だらだらと嫌な汗が背中を流れるが、動揺が伝わってしまわないよう、必死に口角を吊り上げた。

「私が皇宮を出たのは、ずっと神殿から外へ出たことがなかったので、ゆっくり街を見てみたかったからです。この男の子はユリビスという名前で、五歳です」

クララが当たり障りのない返答をすると、ライオネルは頬杖をついて細く長く息を吐いた。

「そう……。皇宮を出ていったのはもう許そう。今さら六年前のことをどうこう言っても仕方ないしね。ユリビスは君をお母さんと呼んでいたけれど、どういうこと？　クララの子ではない……よな？」

クララとユリビスはあまり似ていない。顔立ちもそうだし、髪や瞳の色も違う。肌の色もユリビスはクララほど真っ白ではない。

(ユリビスはどちらかというと殿下似なのだけれど……今は薬で瞳の色を茶色に変えているから、まさか自分の子だとは思っていないのね)

皇族の血を引く子どもは、例外なく紫色の瞳を持って生まれる。濃淡の差はあれ、必ず紫色なのだ。

（大婆様がくれた薬があって本当に良かったぁ……！）

改めて聖女の地にいる大婆様に感謝しつつ、クララはコホンと咳払いした。

「この子の母親は元聖女で聖域に住んでいましたが、不運なことに亡くなってしまい、私が代わりに育てています。本人は……ユリビスはまだ赤子でしたから、その事実を知りません。私のことを本当の母だと思っています」

ライオネルの勘違いに便乗して、つらつらと嘘を並べる。

ここでクララの子だと告げたら、ユリビスの年齢から逆算して、あのときにできた子どもだと疑われる可能性が高い。それに、聖域は聖女を引退した女性のみが暮らす地だ。ずっと聖域に引きこもっていたクララがそこで妊娠するはずなどないので、父親がライオネルだと簡単に導き出せてしまう。

「そうか、そうだよな。聖域に男がいるはずがない……」

ライオネルから放たれていた殺気が緩《ゆる》み、馬車内の雰囲気が少し和《やわ》らいだ気がした。

「お願いです。ユリビスには言わないでください。まだ幼いので、理解するにはもう少し大きくなってからと……」

「あぁ、もちろんだよ」

表情を緩《ゆる》めるライオネルを見て、クララも誤魔化しきれたと安心する。

「良かった、クララが別の男との間に子をなしていたのかと……危うくその子どもとその男を消してしまうところだった」

「え!?」

悪びれる様子もなく淡々と恐ろしいことを言われて、全身に悪寒が走る。

「ふ、ふふ、殿下ったら、ご冗談を……」

クララの乾き切った笑い声が虚しく響く。

ライオネルは全く変わっていない。六年も経ったのに、未だに神聖力を持つ聖女クララを手に入れることを諦めていないのだ。

無言の、その含みのある笑みが恐ろしくて恐ろしくてたまらない。逃がしてなるものかという執念を感じて、クララは現実から目を逸らすように平和な聖域の風景を思い出した。

(あぁ、もうすぐに帰りたいです、大婆様……)

しばらく顔が引き攣《つ》ったまま戻らなかった。

◆　◆　◆

ライオネルは六年ぶりに再会した最愛の人の横顔をじっと見つめていた。

車内の雰囲気が気まずいのか、クララは頑なに窓に顔を向け、外の景色を見ている。無言で過ごしていると、そのうちクララはうとうとと眠ってしまった。

相変わらず床の上でもどこでも寝てしまう、困った聖女だ。

皇族専用の馬車は国内の最高級の素材で作られており、乗り心地抜群なのは確かだが、あまりの警戒心のなさに心配してしまう。馬車内とはいえ、男と密室にいるのに。

（クララは昔からそういうところがあるからな……）

神殿勤めのときもそうだ。高熱で体調が悪いとはいえ、食糧庫や倉庫の床で眠ってしまったり、ベッドまで辿り着けず扉の前で倒れていたりした。

今までは警備の目があったから大事《おおごと》にならずに済んだものの、もっと危機感を持ってもらわないと。いずれ第二皇子妃となり、大衆の前にも出ることになるのだから。

ライオネルはクララが完全に寝落ちしたことを確認して、御者へ通じる小窓を開けた。

「皇宮へは最短でいつ頃着くか？」

「はい。途中三回ほど馬替えして夜通し走らせれば……明日の昼過ぎには到着すると思われます」

「わかった。安全に走らせてくれ」

「御意」

御者の返事を聞いたあと、ライオネルは小窓を閉じ、目隠しのカーテンを閉める。

次に馬車の窓を指で叩いた。馬車と並走していたゾアードが気づき、近寄ってくる。ライオネルは声が届く程度に窓を開けた。

「殿下、御用でしょうか」

皇宮に戻ってからあることを手配するよう頼むと、ゾアードは無愛想な無表情を歪ませた。

「あの……いくらなんでも早すぎやしませんか？」

「事は早いほうがいい」

「あぁ……また逃げられてしまいますからね」

嫌なことを言う側近を鋭く睨む。

クララに会えず、苦しんだ六年間を知っているくせに、酷い言い草だ。

「わかりましたよ。すぐに手配します。けれど……聖女様の御心に寄り添わなくてよろしいので？」

「寄り添った結果、六年前に逃げられたんだ。今回は外堀を完全に埋めさせてもらう」

「うわぁ……」

本当にやるんだ、この人……というゾアードの引き攣《つ》った心の声が聞こえた気がしたが、無視した。クララを手に入れるためなら、使えるものはすべて使う。なりふり構っていられないのだ。

「殿下……また逃げられないといいですね？」

ゾアードの言葉にイラついたライオネルは、乱暴に窓を閉めてカーテンを引いた。

ライオネルだって、できることならクララの心ごと自分に向けてもらえるように努めたいと思っている。しかし皇族という身分と、クララの聖女という立場では色々と障害が多いのだ。

(時には強引さがなければ。クララを奪われてしまってからでは遅いのだから)

いつだって、クララに関することには過敏になってしまう。

ライオネルは気持ちを落ち着かせるように額《ひたい》に手を当て、ふぅ……と息を吐く。

やっとクララが聖域から出てきてくれた。ずっと聖域へ通じる洞窟の前に見張りをつけ、いつクララを迎えにいけるかと毎日報告を待ち侘びた。

（まさか六年間も聖域に閉じこもったままだとは……）

ライオネルがクララにつけた諜報集団ラーテルの仕事は完璧だった。皇宮を抜け出したクララをすぐに見つけ出した。

帝都からほど近い町に十日ほど滞在したクララは、人々を治癒して金銭を稼ぎ、そのあとすぐに聖域へ向かった。おそらく、ほとぼりが冷めるまで身を潜《ひそ》めようと考えたのだろう。聖域での滞在は数日、長くても数週間程度だと高を括っていた。

それに、聖域には女性しかいない。神聖力を持つ者しか入れないため、クララを害意や不埒な男どもから守るのに、むしろ好都合だと思ってそのままにしたのがいけなかった。

六年――クララに会えない時間は途方もなく長く感じた。

聖女クララを迎え入れる環境を整えながら、皇子としての責務をこなす。今日は出てくるかもしれないと期待しては、落ち込む日々。クララを抱いた一夜を思い出して、ひたすら想いを募らせていた。

（二度と……離してなるものか）

また何年もクララに触れられないなんて、もう耐えられない。あんな虚しい思いをするのは懲《こ》り懲《ご》りだ。

ライオネルは胸ポケットにしまってあった二つの腕環を取り出した。

ホーギア国から取り寄せたその魔法道具を、自身の左手につける。ぶかぶかだった腕環が、ライオネルのサイズにピタリと合った。

そして眠っているクララの左手を取り、同様に腕環を嵌《は》める。

対になっている腕環は、中央についている透明な石同士を合わせると金色に輝き出した。これで魔法道具の発動は完了だ。

安心感から笑みが漏れる。

（クララはもう俺のそばから離れられない――）

ライオネルは座席に座り直し、クララと繋《つな》がった腕環に触れた。これでクララとは物理的に一定の距離までしか離れられなくなる。以前つけた部屋から出られなくする足環とは異なり、ある程度クララも自由になれる。

前回のように逃げられることがないと確信できた今、ようやく安心して休める。

「ん……おかあさん……」

むくりとユリビスが体を起こした。まだ眠いのか、目を擦《こす》っている。

金髪に茶の瞳というよくある色合いの男の子は、ライオネルを見てビクリと体を震わせた。

「起きたか。名は……ユリビスと言ったかな。俺はライオネルだよ」

「さっき、お母さんが殿下って……」

「この国の第二皇子なんだ。よかったら、果実水でも飲む？」

ライオネルは妹が好んでよく飲んでいた、苺《いちご》を漬けた甘い水を差し出す。

クララが大切に育てている子ども、ユリビスはライオネルに対して委縮している。皇族がどんな存在かということを理解しているようだ。この年齢にしては利口な男の子だ。

「これ……甘い香りがする……」

「苺《いちご》を漬けてあるんだ。苺《いちご》はわかるかな？」

「本で読んだことがあるよ。赤くてつぶつぶがあるやつでしょ？」

「そう。美味《おい》しいよ」

ユリビスは水筒の口から興味深そうに匂いを嗅ぐものの、口をつけようとはしない。

「飲まないのか？」

「だって……お母さんにいいって言われてないから……」

「お母さんには内緒にしておくから。ほら、ぐっすり眠ってる」

ライオネルはユリビスに威圧感を与えないよう、穏やかな笑みを浮かべた。

この子どもを邪険に扱うつもりはない。むしろ好かれていたほうが色々と好都合だろう。

ユリビスはクララの顔をちらりと見てから、思い切って水筒に口をつけた。

「ん……美味《おい》しい……！」

「そうか、良かった。まだ着くには時間がかかる。ゆっくりしていていいよ」

「うん！」

薄暗い車内でもわかるほど、ユリビスは嬉しそうに果実水を味わっている。子どもらしい無邪気な姿を見る限り、クララに大切に育てられていることがわかった。

「ユリビスは聖域から出るのは初めて？」

「そうだよ。ずっとお母さんとばば様と暮らしてたんだ。でも、お母さんにそろそろお外の世界に出ないとって言われて……」

「そうか。外にはたくさん美味《おい》しい食べ物もあるし、美しい景色もある。楽しいことばかりだよ。ところでユリビスはどこに向かっていたの？」

「魔法がたくさんある、楽しい国ってお母さんが言ってた！」

子どもは素直だ。忖度《そんたく》なく見聞きしたことをありのまま話してしまう。

（やはり、ユリビスが聖域で生まれたのは間違いないようだな。そしてクララたちが向かっていたのは南のホーギア国……想定通りだ）

ホーギア魔術大国は、様々な民族が集まる個性豊かな国だ。魔術で栄えるホーギア国には聖女は誕生しないし、女神信仰も薄い。

しかし聖女の持つ神聖力は、ホーギア国でも人の役に立つ。神殿の支配から逃れられ、なおかつ稼ぎ口もあるホーギア国は、クララにしてみれば最善の逃亡先だったのだろう。

無害な優しい皇子を演じながら知りたい情報を聞き出せたことに、ライオネルは心の内で笑う。

弟と妹の面倒を見てきた経験が、ここにきて役に立つとは。

「ねぇ、殿下。隣に座ってもいいかな？」

「あぁ、もちろん」

ユリビスはキャラメル色の瞳を輝かせて、ライオネルの隣へ移動する。

「ユリビスはお母さんが好きかい？」

「うん、大好き！　お母さんは誰よりも強いキラキラの力を持っていて、みんなを助けるんだ！」

引退した聖女たちが集まる地で、現役の聖女であるクララは最も強い神聖力を有していたはずだ。

クララの性格上、周りの人たちに惜しみなく神聖力を使い、癒していたのだろう。

「お母さんはすごいな」

「うんっ！　殿下も、お母さんのこと大好きなの？」

「あぁ、そうだよ」

何年も追い求め、がんじがらめにして逃げられないようにするくらいには、クララのことを愛している。

ライオネルの返事のあと、なぜかユリビスは「ふふふ」と嬉しそうに口元に手を当てた。

「ねぇ、殿下の隣で寝てもいい？」

「いいよ。着いたら起こしてあげる。寒くないか？」

「うん、大丈夫！」

ニカッと無邪気に微笑むと、ユリビスは目を閉じてライオネルの腕に寄りかかった。

（長い間聖域で暮らしていたから、人を疑うということを知らないんだろう。人懐っこいな。それにクララに育てられたからか警戒心がなさすぎて、将来が不安だな……）

子どものあたたかい熱が伝染して、ライオネルも眠たくなってきた。

睡眠は取れるときに取っておかないと。皇宮に着いたら、忙しくなる――

めるる。

◆　◆　◆

「わぁ、すごく高い建物だー！　どうやって建てるんだろう？」

「足場を組んで、高く石を積んでいくんだよ。でも今は魔法の力を借りることも多いかな」

クララは、ライオネルに抱っこされ、皇宮内の建物を見て歓声を上げるユリビスの後ろ姿を眺める。

（どうして、どうしてこんなことに……！）

小さな街から馬車に乗せられたクララたちは、当初近くの治安の良い大きな街まで送ると言われていた。それを道が混んでいただの、事故があって通行止めになり遠回りをしているだの色々言われて、気がつけば帝都にある皇宮へ着いていた。

なぜあのときライオネルの言葉を鵜呑《うの》みにしてしまったのか……。いや、でもあのときは有無を言わせない黒い空気を撒き散らしていたから、断れる雰囲気ではなかったのだけれど。

（しかも、この腕環はなに……？　恐ろしくて追及するのも憚《はばか》られるわ……）

馬車の中でクララが起きたら、なぜか左手に腕環が嵌《は》まっていた。六年前、部屋に閉じ込められていたときにライオネルにつけられた魔法道具と同様、留め具がなく自力で外せない。

おそらく似たような魔法道具の類《たぐい》なのだろうが……真実を聞くのが恐ろしくて聞けないままでいる。

（六年前の魔法道具よりも強力な気がするわ。神聖力で壊せるかしら……）

腕環にきらりと光る金色の石は、おそらく魔石だ。魔石のついた魔法道具は効力が格段に上がると本で読んだことがある。以前の足環のように簡単には破壊できないかもしれない。

いつの間にかユリビスはライオネルに懐いていて、べったりくっついている。ユリビスの質問に、子どもにもわかりやすく説明するライオネルの後ろ姿を見ながら、思わず溜め息が漏れた。

父と子の仲が良いのは素晴らしいことなのだが、その真実を知るのはクララだけだ。はたから見れば、皇子殿下が見知らぬ男児をあやしている摩訶不思議な光景でしかない。

「こら、ユリビス。殿下にご迷惑でしょう。お母さんと手を繋《つな》ぎましょ？」

「僕、殿下がいい！」

「ユリビス……」

「俺は構わないよ。クララも長い移動で疲れただろうから、無理しないで。すぐに部屋に案内させるから」

「うぅ……」

あれよあれよという間に、立派な客室へ案内された。中続きの扉から、ユリビスの部屋へ通じるようになっている。幼いユリビスと離れ離れにされなかったことに、クララは安心した。

「わあぁ、僕たちの部屋だー！　ひろーい！」

「走っちゃだめよ、ユリビス」

はーいと元気良く返事をしながら、ユリビスは客室を探検する。

部屋は隅々まで掃除が行き届き、調度品も二十代の女性が好みそうなもので揃えられていた。さらにテーブルには手で摘《つま》める軽食から茶菓子まで、すべてが完璧に準備されている。

（初めから皇宮へ連れてくるつもりだったのかしら……）

ライオネルの用意周到さに恐れ慄《おのの》くと同時に、ユリビスが無邪気に喜んでいる様子がいたたまれない。

「また夜に会おう」

ライオネルに手を取られ、甲に唇を落とされる。ドキンと高鳴る胸を、クララは息を止めてどうにか鎮め、ライオネルが退室する後ろ姿を見つめた。

（私はどうして皇宮へ連れてこられたの？　ユリビスを守るためにも、瞳の色が元に戻るまでには、ここから抜け出してホーギア国へ向かわないと……）

再びライオネルの包囲網に捕まってしまったクララは頭を抱えた。

「うぅ、快適すぎて辛い……！」

「クララ様、いかがなさいましたか？」

「いえ……なんでもありません。ただの独り言です……」

旅の疲れを癒すため、薔薇《ばら》の花びらが浮かぶ大きな浴槽でゆったりと一人、凝り固まった体を解す。そのあとは、皇宮の料理人が作る最上の料理をいただいた。

湯に浸かり、食事を済ませたユリビスは早々に眠ってしまったと、世話役の使用人から報告を受けている。

この世に天国が存在するなら、まさに今のことを指すのだろう。食後のお茶を味わいながら、穏やかな時間を過ごす。

（訳がわからないまま、ここに拉致されるように連れてこられたのでなければ、きっと心から堪能できたでしょうけれど……）

なにせクララはここから抜け出したいのだ。

色々と考えてはみたけれど、なぜ自分がここに連れてこられたのか、さっぱりわからない。

虚偽の報告をして税を横領した罪を償っていないから？　でも、それならばこの好待遇はおかしい。となると、やはり考えられる可能性は――

「殿下の、聖女愛玩趣味……!?」

それ以外に考えられない。六年経ってさすがに諦めたかと思いきや、そうではなかったのだ。

（聖女のほとんどは貴族出身者だから、好き勝手自由にできる聖女は私くらいだもの……）

さすがに貴族令嬢を騙すような形で皇宮へ連れてきたり、無断で魔法道具を装着させるようなことはできない。家門と皇家の関係性に問題が生じてしまう可能性があるからだ。

しかし、ライオネルはそんなに聖女を手元に置いておきたいのだろうか。皇族なら、きちんと神殿に手続きすれば、神聖力を使った高度な治療も優先的に受けられるはずなのに。ライオネルの考えが全く理解できない。

（前回は運良く抜け出せたけれど、今回はユリビスがいる。それに魔法道具の腕環もあるし、計画を練って慎重に逃亡計画を立てなくちゃ。行き当たりばったりでは絶対に失敗してしまう……）

そんなことを考えているうちに、いつの間にか日が傾き始めていた。橙《だいだい》のあたたかな色が窓から部屋に差し込む。

そのとき扉のノック音が聞こえて、クララの世話役の女官が入ってきた。

「クララ様のお着替えのお手伝いに参りました」

「えっ？　私、このままここで眠るのでは？」

「ライオネル殿下のご命令です」

「でも……」

「ご命令です」

「はいぃ……」

女官の圧に耐えられず、クララはおずおずと鏡台の前に座る。

「あの、晩餐《ばんさん》なら先ほどいただいたばかりで……んんふ！」

「少しの間、お喋《しゃべ》りをお控えくださいませ、クララ様」

いつの間にか三人に増えていた女官に化粧を施《ほどこ》される。おおかた完成すると、なぜか絹の布で目元を隠された。

「クララ様、大変申し訳ございませんが、ライオネル殿下のご命令で目隠しをさせていただきます。どうかご容赦ください」

「はい……」

嫌だと拒絶したところで、この人たちも指示されて仕事をこなしているだけなのだ。女官に当たるのは筋違いだと思い、仕方なく受け入れる。

化粧と髪を整え終えると、肌触りの良い衣装に着替えさせられた。その重みから、布が幾重《いくえ》にも重ねられたものだということがわかる。

(夜にどこに連れていくっていうの……)

着替えが終わると、クララは女官に手を引かれながら部屋を出る。

初めて皇宮へ来たときも、頭に麻袋を被せられ、手枷の鎖を引かれながら歩いた。六年前の記憶を思い返しながらも、クララは背筋を伸ばして進む。

「ライオネル殿下、クララ様をお連れしました」

「ご苦労。下がっていいよ」

「はい」

小さな女性の手から、大きくてあたたかな手の感触に変わる。

「殿下……?」

「クララ。あぁ、この日をどれだけ待ち侘びたか」

「あの、そろそろご説明いただいても?」

ライオネルのうっとりする声が聞こえたが、クララには何のことかわからない。

ギギギ……という重たい扉が開く音が響くと、ライオネルに手を引かれた。

「大丈夫、俺についてきて」

クララは導かれるまま歩いた。

コツコツと床が鳴る。聖域へ向かう洞窟を歩いたときと同じ、なんだか怖いようなそわそわするような不思議な感覚だ。ただ、クララの手を握る、その手の力強さが頼もしくて、何も見えなくても怖いという感情は湧いてこなかった。

ライオネルが足を止めたので、クララも立ち止まる。

「クララ」

ライオネルの手が目隠しにかかり、結び目を解かれた。頭にベールをかけられているため、目の前のライオネルの麗《うるわ》しいかんばせしか視界に映らない。

「とっても綺麗だよ」

「はぁ……殿下のほうがお綺麗です」

目がチカチカとしてしまいそうな煌《きら》びやかなシャンパンゴールドの衣装に身を包んだライオネルは、まさに皇子様という格好をしていた。

（眩《まぶ》しい……）

ライオネルの美貌も合わさり、まるで発光しているのではと思うほどまばゆかった。

「コホン。えー、では婚約式を執り行います。まず、第二皇子ライオネル・イヴ・ビアト殿下。あなたは――」

（はぁあっ⁉）

突然聞こえた掠れた声のほうへと顔を向けると、大神官が婚約宣誓の儀を執り行っている。反対方向へ視線を向けると、会場を埋め尽くすほどの貴族たちが参列していた。

ドーム状の天井からは、ステンドグラスを通して色鮮やかな月の輝きが降り注ぐ。ここは神殿にあった資料で見た、皇宮内にある神聖宮だ。

ふるふるとクララの足が震えた。

(う、嘘でしょ……私と殿下の婚約式だなんて！)

あまりの衝撃に立ちくらみがしそうだ。しかし、しっかりとライオネルに両手を握られているので、倒れることすら許されない。

「はい、認めます」

ライオネルの低音美声が神聖宮に響き渡った。向かい合ったライオネルの恍惚とした瞳に射貫かれて、心臓がバクバクと暴れる。

──どうして、そんな嬉しそうなの？

柔らかく細められた紫水晶の瞳の中に、自分の姿が映り込んでいる。

ふと視線を主祭壇に向けると、鋼に反射して美しく着飾った自分と目が合った。ライオネルと揃いのシャンパンゴールドのドレスは幾重《いくえ》にもドレープが折り重なり、胸元は鎖骨の美しさを引き立てるように大きく開いている。小柄で幼く見られがちなクララでも、大人の女性の魅力が際立つようになっていた。

これは誰？　こんなに絢爛《けんらん》豪華に着飾ったことがないクララにはまるで現実味がなくて、もしかしたらこれは夢なのでは……と思ってしまう。

「では聖女クララ、第二皇子ライオネル・イヴ・ビアト殿下を婚約者として認めますか？」

「……」

「聖女クララ？」

大神官の訝《いぶか》しげな声に、クララはハッと我に返る。ぼうっとしている場合ではない。

（殿下の婚約者⁉　私なんか相応《ふさわ》しくないに決まってるじゃない！　どうしよう、どうしよう、どうしよう――！）

絶対に認めたくない……いや、認めてはいけない。けれど帝国中の貴族が集結し、大神官まで立ち会っているこの状況下で「認めません」と言える度胸はない。クララは押し黙るしかなかった。

「クララ」

力強く手を握りしめられて、前を向く。

ライオネルの紫瞳が柔らかく細められた。とても麗《うるわ》しい笑顔なのに、黒いモヤが見えるのは気のせいだろうか……

クララが見つめていると、ライオネルの口元がゆっくりと動く。

――きょ、う、こ、う、とっ、ぱ。

キラキラと宝石が舞うような満面の笑みを浮かべるライオネルに、全身がぶるりと震えた。

まさか、聖女を手に入れるために婚約式までするなんて思ってもみなかった。聖女とはいえ、クララは孤児の出で、欠陥だらけなのに。

（あああ……）

しかし、逃げ道をすべて絶たれてしまった。クララの希望が音を立てて崩れ落ちていく。

もう、諦めるしかなかった。

クララはカラカラに乾いた喉をなんとか動かして、声を絞り出した。

「みとめ……ます……」

クララが承諾すると、会場から盛大に祝福の拍手が送られた。

今ベールを被っていて良かった。そうでなければ、きっとクララは死人のような顔をしていただろうから。

ライオネルがクララの耳元で囁《ささや》く。

「これで名実ともに、クララは俺のものだね」

艶《つや》のある声に、腰がぞくっと震えた。動揺のあまり、あわあわと口が開いたままになってしまう。

「こんなに真っ赤になって……俺の婚約者はなんてかわいいんだろう」

ベール越しの額《ひたい》にライオネルの唇が触れる。

きゃあっと会場の一部から歓声が上がったのを、クララは他人事のようにぼんやりと聞いていた。

（あぁ、いっそのこと倒れてしまいたい。夢であって――）

ライオネルにしっかりと腰を抱えられエスコートされながら、クララは拍手の中に埋もれていった。

婚約式が終わると、クララはライオネルに手を引かれ皇宮内を歩いた。迷路のように複雑に入り組んだ建物ということもあり、今どこにいるのかさえわからない。

迷いなく進むライオネルに導かれるままついていくと、先ほどまでくつろいでいた客室に着いた。

「クララ」

頭を覆うベールの留め具を外されて、狭《せば》まっていた視界が広がる。そしてライオネルに腰を抱かれて、体が密着した。

「殿下……」

「君の言いたいことはわかってるよ。なぜ皇宮へ連れてきて、騙すような形で婚約式を行ったのかって。君が憤《いきどお》るのは当然だ。だけど……どうしてもクララが欲しかった」

困惑しているのはこっちなのに、ライオネルが哀愁を含んだ真剣な面持《おもも》ちで言うものだから、抑えていた恋心が暴れ出しそうになる。

「殿下は……そんなに神聖力を必要としているんでしょうか。こんな欠陥聖女を婚約者にしてしまうほどに……」

「俺は神聖力が欲しいんじゃない。クララが欲しいんだ」

「わ、たし……を……？」

ずっとライオネルは聖女を求めていると思っていた。家族も頼る人もいないクララなら、手元に置くのが容易だから、クララに執着しているのだと。それなのに……

――私が、欲しい……？

ライオネルの告白を何度も頭の中で反芻《はんすう》する。けれど、どんなにその言葉を理解しようとしても、脳に入ってこない。

確かにライオネルはクララに好意を伝えていた。ただ、それは聖女へ向けられていると思っていたから、まさか自分自身に対してだなんて想像すらしていなかったのだ。

「クララが皇宮から抜け出して聖域に行ってしまってからの六年間、ずっと……ずっと会いたかった。会いたくて触れたくてたまらなかった」

「殿下が、私を？　そんな……本当に……？」

偽りのない真っ直ぐな言葉が、胸に突き刺さった。

クララを逃がすまいと抱きしめる腕が震えている。その振動が、肌の熱が、これは現実なんだとクララに伝えてきた。

「君が俺を愛していないことはわかってる。けど、俺はクララでないとだめなんだ。だからこうして逃げられないように、退路を塞いだ。……クララには悪いけれど」

ライオネルはクララの肩に額《ひたい》を押しつけ、今にも爆発しそうな感情を抑えるように呟《つぶや》く。その必死な姿に、クララの心が大きく揺れた。

「俺のそばにいて。お願いだから、離れようとしないで。クララに会えないなんて、耐えられない」

「でんか……」

ライオネルの必死の想いが伝わってきて、クララの声までもが震えた。

動揺と困惑の渦の中、クララは浅ましくも……嬉しいと思ってしまった。

ずっと忘れられなかった初恋の人から熱烈に求められるなんて、こんな幸せはない。一生分の運を使い果たしたとしても、きっとこれほどの幸運は降ってこないだろう。

そのとき、クララの脳裏にユリビスの顔が浮かんだ。

先ほどの婚約式の司祭は大神官、つまりライオネルとクララの婚約は神殿も認める正式なものだということ。

皇族と聖女の結婚は、前代未聞だ。ライオネルがどうやって神殿から許可を得たのかはわからないけれど、婚約式を行った以上、彼との結婚は避けられない。濡れ衣ではあるが、税の横領という罪も晴れたのだろう。

強引なやり口については、常識的にどうなの……と思わなくもないけれど、ライオネルとの婚約に不満はない。クララは元々彼に好意を抱いていたから。

——でもユリビスはどうなるの？

ユリビスが皇子の子どもとわかれば、クララとライオネルは神殿が許可する以前に体の関係を持っていたことが明らかになる。そうなれば、ライオネルが罰せられるのではないか。

もし、ユリビスにまでその罰が及んでしまったら？

もし、ユリビスと引き離されて二度と会えなくなってしまったら——？

絶対にそんな風になりたくない。

このままユリビスの出自を隠し通すのか、ライオネルとの子だと告白するのか、それともユリビスとともに逃げるか——

クララは自分がどう行動するのが正しいのか、わからなくなってしまった。

不意に、俯《うつむ》くクララの頬が大きな両手で挟み込まれ、ライオネルの切なげな表情が近づいてくる。

——キス、される。

唇が触れ合う寸前、ピタリと動きを止めたライオネルはクララから手を離した。

「好きでもない男とキスなんて、嫌か……」

「あ……あの……」

ライオネルは自嘲めいた乾いた笑みを漏らした。それに対してまだ混乱しているクララは、否定も肯定もできない。

「皇宮へ連れてきたことも婚約式を執り行ったことも後悔していないし、絶対に撤回もしない。これから、クララの心もすべてもらうつもりだから。だから変なことせず、お利口にしていてね。そうでないと俺、今度は何をするかわからないから」

「でん……んんっ」

ライオネルはクララの言葉を遮《さえぎ》るように唇に指を当てると、部屋から出ていった。

一人部屋に残されたクララは、呆然とその場に立ちすくむ。

どれくらいそうしていただろう。気がつけば、クララは隣の部屋で眠っているユリビスのところに来ていた。

婚約式用のドレスを着替える時間も、化粧を落とす時間も惜しいほど、ただ愛おしい我が子の顔が見たくなったのだ。

「ユリビス……私の大切な宝物」

幸せな夢を見ているだろう純真無垢な寝姿は、すべてを忘れられるほど尊《とうと》い。

(私はどうなったっていい。森の中だろうと牢の中だろうと生きていけるから。でも、ユリビスには絶対に幸せになってほしいの)

これだけは何があっても変わらない。ユリビス以上に、失って怖いものなんてない。

「ユリビスはお母さんが絶対に幸せにするからね」

幼子の小さな手を両手で包み込み、クララは女神に愛息子の幸せを願った。


知らぬ間にクララは眠ってしまっていたようだった。

鼻腔をくすぐる甘い香りは、クララがよく知る人物の匂いだ。蘭のような気高い芳醇な香りが、クララは大好きだった。

「もう……クララはいつもどこでも寝てしまうから困ったよ。せめて床ではなくベッドで寝てくれないかな。心配になるから」

ぶつぶつと呟《つぶや》く低音の声。ベッドの上に下ろされたようで、スプリングが柔らかく軋《きし》む音がする。さらに「もう、着替えもせずに……」とライオネルは呆れたように呟《つぶや》いて、ドレスを脱がせてくれた。

クララは夢と現《うつつ》の狭間で思考が混沌とした中、ライオネルの首に手を回す。

——好き。殿下が好き。

喉まで出かかった言葉を呑み込む代わりに、腕にほんの少し力を込めて抱きつく。寝ぼけているのであれば、許されるかもしれない。

「……っ」

熱い吐息を耳元で感じて、その心地よさに胸が甘く締めつけられる。

ライオネルは密着したまま、髪飾りや宝飾品を丁寧に外した。さらには湯で濡らした手巾で、化粧まで落とす。

こんなことまでしてくれるなんてと申し訳なく思うと同時に、ライオネルがクララを好いてくれているのは本当なのだという実感がじわじわと湧いてくる。

「クララ……そんな無防備な姿をしていると、襲いたくなるよ……」

熱のこもった声で囁《ささや》かれて、ドクンと胸が高鳴る。

私も好き、襲ってと言ってしまえたらどんなにいいだろう――そんな母親失格なことを頭の片隅で思いながら、クララは眠っているふりを続ける。

次第にライオネルの気配が遠のいていき、扉が閉まる音が聞こえた。

「殿下……ユリビス……」

夢の中だけでもいいから、ライオネルとユリビスと三人で笑い合う幸せな日々を過ごしたい。

そう願いながら、クララは穏やかな眠りについた。

三章　狂愛に囚われて

日の出とともに目を覚ましたユリビスに叩き起こされたクララは、寝不足の目を擦《こす》りながらも立ち上がった。

昨日の婚約式からのライオネルの告白で、心に全く余裕はなかったけれど、子どもにそんなことは関係ないのだ。

「お母さんっ、僕いろんなところへ行ってみたい！」

ユリビスは好奇心旺盛で、皇宮にあるすべてのものが輝かしく見えるようだった。

確かに辺境の何もない聖域でしか暮らしたことのないユリビスが、そう思うのも無理はない。

「うーん、許可が出ないと難しいと思うわ。皇宮は遊ぶ場所じゃないのよ。国の政治と経済を担う、重要な場所なんだから」

「えぇぇ――……」

ここは子どもがうろうろするところではない。それにライオネルと婚約したばかりのクララが、幼い子を連れて皇宮を歩き回る姿が貴族たちの目に入れば、変な噂を立てられそうだ。

「一応、聞くだけ聞いてみましょう。でもだめって言われたら、部屋で大人しくしていようね」

「うん……わかった！」

ユリビスが元気良く返事をしたあと、二人で朝の支度を始めた。

このまま皇宮に残るにしろ、出ていくにしろ、すぐに行動に移すことはできない。ユリビスと過ごしながらゆっくりと頭の中を整理していけたら……とクララは前向きに考えることにした。


「――こう簡単に許可が下りるとは思っていなかったわ」

女官に可否を訊《たず》ねたところ、護衛を一人つけた上、皇族専用の温室ならと出入りを許可された。

「クララ様はライオネル殿下の婚約者ですから、もちろん皇族専用の施設をご利用いただけますよ」と女官に言われて慄《おのの》いてしまった。

当然と言えば当然だが、一夜経ってもライオネルの婚約者になった自覚は全く湧いていない。

とはいっても、あまり皇宮で目立ちたくないクララにとって、皇族専用の施設は人目がないので都合が良かった。

「お母さん、すごいよー！　きれいなお花がたくさんあるし、見たことない虫もいる！　大きいなぁ。わあっ、いい香りがするね！」

ユリビスはあたたかい地で育つ植物を見るのは初めてだ。聖域は標高が高い寒冷地で、草花も地味な色合いが多かった。

「本当ね。お母さんもずっと北部にいたから、こんな色鮮やかなお花は初めて見たわ」

赤や黄色、青や紫など、鮮やかな自然に触れながらクララは顔を綻《ほころ》ばせる。

「よろしければ植物図鑑を持ってこさせましょう。調べてみると、より楽しいですよ」

「うん！　調べてみたいっ！」

護衛としてついてくれたのは、男たちに絡まれていたときに間に割って入ってくれた騎士だ。

その騎士、ゾアードはライオネルの側近として長く仕えているらしい。背が高いせいか、一切変わらない表情のせいか、少し近寄りがたい印象を受ける。

「ありがとうございます、ゾアード様」

「いえ。ユリビス君は活発な子ですね」

「そうなんです。特に自然や動物が好きで、目を離した隙にいなくなってしまうのでいつも困っています」

「それは護衛のしがいがあります」

話してみると意外と口数は多く、気さくでいい人だった。顔は無愛想なままだけれど。

クララは無我夢中になっているユリビスの背中を見つめる。

「なんだか、幼い頃の殿下を思い出します」

ゾアードの言葉にギクッと肝が冷えた。

真実を悟られないように、クララは咄嗟《とっさ》に笑顔を作る。

「まぁ、そうでしょうか？」

「殿下とは幼少期からの付き合いでして。森の中でかくれんぼをしたときは、あの金髪を目印にしていました。太陽光が当たると反射するので、見つけやすいんですよ」

「あぁ、なるほど」

同じ金髪だからというだけで、特に深い意味はないようだ。

(危ない……些細《ささい》なことでいつバレるかわからないわ。気をつけなくっちゃ)

ゾアードは護衛対象から視線を逸らさないまま、淡々と話し始めた。

「聖女様。どうか殿下のこと、嫌わないでやってくださいませんか。十中八九、殿下の勝手だということは間違いないのですが、それほど聖女様への想いが強かったようで」

ゾアードが「手段は卑劣極まりありませんが」とつけ足すものだから、思わずクスリと笑ってしまった。まるで弟の尻拭いをする兄のようで、二人の関係性が窺《うかが》える。

「ゾアード様は殿下と仲がよろしいのですね」

「仲がいいというか……。殿下が聖女様と上手くいかなければ、私の六年間の苦労が水の泡になってしまいますので……」

ゾアードがほんの少しだけ眉間に皺《しわ》を寄せた。表情筋が皆無なのかと思いきや、リアクションは薄いものの、案外顔に出やすいタイプなのかもしれない。

「あの、聞いてもいいですか？」

「はい、何でしょう」

「殿下は他の聖女の方にも、同じようなことをしていらっしゃるのでしょうか？」

「いえ、異様に反応するのは聖女クララ様にだけです」

「はぁ……そうですか」

もしかしたらクララ以外の聖女に対しても似たようなことをしているのかと思ったが、そうではないらしい。

改めて、ライオネルの想いを受け止められるようになった。

（本当に殿下は聖女ではなく、私自身を求めてくれているのね……）

嬉しく思う一方で、自分も想いを返せない申し訳なさが膨れ上がって、胸が切なく軋《きし》む。

「もし殿下に嫌気がさしたら、いつでも声をかけてください。側近として進言しますので」

「では、逃げたいと言ったら逃がしてくれますか？」

「……無理ですね。それを許したら、おそらく私は四肢を斬られます」

「はい？」

「聖女様を繋《つな》ぎ止めておけない手足など不要だと言って、笑顔で斬りつける殿下が想像できますね」

「……」

さすがに冗談でしょう？　と思ったが、寝室で「俺、今度は何をするかわからないから」と言われたことが頭に浮かぶ。

（絶対にないとは言い切れないのが恐ろしいわ……）

「聖女様、今後何かあった場合はすぐに誰かに相談するか、直接殿下にお話しください。でないと取り返しのつかないことになりかねませんので」

「き、肝に銘じておきます……」

ライオネルと長い付き合いのゾアードがそう言うと、説得力が増す。

（なんだか、色々と疲れるわ……）

「はぁ……」

思わず深い溜め息が漏れる。

「おかあーさーん！　騎士さーん！」

手を振りながらこちらに駆け寄ってくるユリビスの手には、大きな茶色い昆虫がいた。

「見て見て、このカブムシ！　おっきいツノ！　かっこいいでしょぉっ！」

「惜しいですね。これはカブムシではなく、カブトムシです。よく見つけましたね」

ゾアードに訂正されると、ユリビスは「えへへ、間違えちゃった」と笑う。

図鑑で調べたり大人に訊《たず》ねたりしていなかったのに、どこでカブトムシの名前を知ったのか。子どもの吸収力のすごさに驚かされる。

「木の幹にくっついてたんだ。僕が見つけたんだよ！」

「そうですか」

ゾアードはユリビスと視線を合わせるようにしゃがみ込み、その頭を撫でた。

「騎士さん……」

「ん？　どうしましたか？」

ユリビスはじっとゾアードの黒目を見つめると、大きな体躯《たいく》を指差した。

「騎士さん、肩車してほしいな」

「ユリビス、ゾアード様は護衛してくださっているのよ。お仕事中なのだから……」

「それくらいのこと、お安いご用ですよ。ほら、肩に足をかけられますか？」

「うんっ！」

ユリビスの人懐っこさには、感心を通り越して呆れてしまう。

(聖域に男性がいなかったから物珍しいのだと思っていたけれど、もしかして甘えたかったのかしら。父親がいないから……)

ユリビスに対しての申し訳なさで胸が痛む。クララは自分のすべてをかけてユリビスを幸せにするつもりだし、父親としての役割も担うつもりではあるが、父親にしかできないことがあるのかもしれない。

ユリビスに父親を明かさないこと、ライオネルに真実を隠し続けていることに、罪悪感が芽生える。

「うわあっ！　たかーい！　すごい、遠くまで見えるよー！」

「ユリビス君もたくさん食べてたくさん運動すれば、すぐに大きくなりますよ」

「本当っ⁉」

きゃっきゃと戯《たわむ》れ合う姿は見ていて微笑ましい。面倒見が良く常識人なゾアードは、見目こそ物騒だけれど、信頼できる人物だと感じた。

「ユリビス、あんまり動いてはバランスを崩してしまうから、あっ――――！」

「――うっ」

興奮して暴れたユリビスの膝が、ゾアードの右肩を強打する。

「ごめんなさいっ、騎士さん！」

「ゾアード様、大丈夫ですか⁉」

「大丈夫です。古傷に当たっただけですので……」

ユリビスを下ろし、右肩を庇うゾアードは何でもない顔をしているが、首筋には汗が伝っている。相当な痛みがあるようだ
「お母さん……騎士さん、助けられないかな……？」

ユリビスに言われなくともそのつもりだったクララは、ゾアードの右肩に手のひらをかざした。

「ゾアード様、力を抜いていてください」

「聖女様⁉　結構です、私は大丈夫ですから……」

遠慮するゾアードを無視して、クララは目を瞑《つぶ》り神聖力を送り込んだ。

温室の中に銀色の神々《こうごう》しい光が舞った。澄み渡るような力を放出して、ゾアードの傷を癒していく。

（思ったよりも、重症ね……）

軽度の打撲かと思ったら、毒に侵されていた形跡がある。残っていた毒を取り除き、傷ついた細胞を修復し、痛々しい傷痕を消していく。

完全に怪我が癒えたことを確信して、クララは目を開けた。

「終わりました。ユリビスのせいで申し訳ありませんでした」

「っ……！　いえ、こちらこそ聖女様の特別な神聖力を使っていただくなんて。あぁ、殿下にバレたら怒られるな……」

ゾアードは深緑色の短髪をガシガシと掻いて、深く頭を下げる。

「治癒していただき、ありがとうございます。驚くほど……痛みがありません」

「それは良かったです」

「お母さん、ありがとう。騎士さん、ごめんなさい。次からは気をつけます」

ユリビスもしっかりゾアードに頭を下げた。

大きな怪我もなく良かったと安心した瞬間、体が沸騰したかのように熱くなる。

(思ったよりも神聖力を多く使ってしまったわ)

クララの顔が赤くなったことに気づいたゾアードは、慌ててクララの手を取った。

「聖女様、発作ですね？　すぐにお部屋に戻りましょう」

「すみません……ご迷惑を……」

「そもそも私のせいですから。それに全く迷惑ではありませんよ」

ユリビスに女官から離れないように言いつけたあと、クララはゾアードに運ばれて客室へ戻った。

寝不足だったこともあり、横になった途端すぐに眠りについてしまった。

＊＊＊

冷たい布を額《ひたい》に載せられて、クララは目を覚ました。長年発作に苛《さいな》まれてきた経験から察するに、三時間ほど眠っていたのだろう。

視線を彷徨《さまよ》わせると、二つの紫色の光がじっとこちらを見つめていた。

「ぁ……」

「ごめん、起こしちゃった？　大丈夫？」

「は、はい……」

寝てすっかり高熱が治まったクララは、体を起こしてライオネルと向き合った。急いで駆けつけてくれたのか、彼はかっちりとした皇族らしい衣服に身を包んでいる。ただ、上着は脱いでシャツは腕捲《まく》りされている。

ふと下を見ると、額《ひたい》から落ちたらしき濡れた手巾があった。

「これ……殿下が看病してくれていたのですか？」

サイドテーブルに置かれた水の入った桶を見て、クララは訊《たず》ねた。もしや、ライオネル手ずから世話をしてくれたのか。

「あぁ、ゾアからクララが倒れたと聞いて、心配したよ。しかも治癒した相手がゾアだなんて……クソ、あいつには過酷な訓練を課して二度とクララが神聖力を使うようなことがないように――」

「ユリビスが！　誤ってゾアード様に怪我をさせてしまったんです！　ゾアード様に一切非はありませんので、そんなことしないでくださいっ」

ゾアードから四肢を斬られるだの なんだの聞いていたクララは、慌てて制止する。

「なんでゾアを庇うの？　もしかして、ゾアのこと気に入ったの……？」

「なぜそうなるのですか！　落ち着いてください！」

紫水晶の瞳がどんどん黒ずんでいくのを感じて、クララは咄嗟《とっさ》にライオネルの手を掴んだ。

「ゾアード様に神聖力を送り込んだところ、右肩の細胞には毒が残ったままでした。あのまま放置していれば、いずれ筋肉が壊死してしまったでしょう。早く気がついて良かったです」

右肩の傷は、毒矢を受けたものだと思われる。それも神聖力を異様なほど消費してしまうほど、悪質な毒だった。

ライオネルの側近として護衛の役割もこなすゾアードのことだ、おそらく主人であるライオネルを庇って受けた傷だろう。強い忠誠心には感心する。

「右肩……そうか。もしかして、あのときのか。クララ、治癒してくれてありがとう」

「いえ、お役に立てて嬉しいです」

ライオネルにとって大切な存在であるゾアードを救うことができて、聖女として誇らしい気持ちになる。高熱が出る体質は忌々《いまいま》しいけれど、神聖力で人々を助けることができてクララは幸せを感じていた。

北部の神殿に配属され、ビアト帝国九人目の聖女として七年間、人々を救ってきた。ルジューア神殿長に蔑《さげす》まれても、どんなに神聖力の代償が苦しくても、ライオネルの言葉を胸に聖女として生きてきた。

あの日々は辛いこともあったけれど、かけがえのない宝物で、決して無駄なんかではない。聖女クララとして過ごした時間で学んだことを、これからも生かしていきたい。たとえライオネルの伴侶となっても、別の国で生きることになったとしても。

「今回のゾアード様の一件で、改めて思いました。私、これからも聖女として人を癒したいです」

クララに生きる道を指し示してくれたのは他でもない、ライオネルだ。

「ここは神殿じゃない。治癒する義務も責任もないんだよ」

「仕事だからではなく、ただ人を救いたいのです。それが神聖力を持って生まれた者の務めだと思います」

聖女は一人だけではない。別の者に任せることもできる。特にライオネルの婚約者となったクララは庇護される存在なのだから、聖女としての務めを果たす必要はない。だけど……

「聖女の儀のとき、殿下が私に声をかけてくださいました。『強大な神聖力を持った君は、尊ばれる存在だ。その事実は何があっても覆《くつがえ》されることはない』と。私は殿下からいただいたこの言葉を胸に、聖女として誇りを持って生きてきました。これからも、そうあり続けたいと思っています」

クララは、ライオネルの手を強く握りしめる。

胸を張って、堂々と生きる。どんな場所であっても、どんな状況下でも、聖女として誇りを持って生きたい――変わらないクララの思いを全身で伝えた。

「……クララ。君は他の聖女と違って発作を起こしてしまう。辛い思いをしてまで、やる必要はないんじゃないか？」

「いえ、神聖力が弱まるまでは続けたいと思っています」

「それは、聖女が女神の使者だから？」

「違います。殿下が、私に道を指し示してくれたからです」

女神に選ばれた聖女だからという信仰心なんかではない。

初恋の皇子様にそう言われたから――ただそれだけなのだ。

「俺は……縛りつけるつもりで言ったわけではなかったのに……」

「それでも、十三歳のときから私は殿下のこの言葉を支えにしてきました。女神様は何も言ってはくれませんもの」

「そんな言い方をされたら、だめと言えなくなるじゃないか……」

「ふふ、そうだと嬉しいのですが」

渋々といった様子のライオネルを見て、クララはふわりと柔らかく微笑む。

聖女の自分を、ライオネルに認めてもらえたような気がした。

「体に無理がないように、人数は調整させてもらうよ？」

「はい」

「あと、クララはもっと自分を大切にして。俺の心臓がもたないから」

「はい。殿下の仰《おお》せのままに」

指を絡めて手を繋《つな》ぐ。そっと優しく抱きしめられると、甘く品のある香りが鼻腔をくすぐった。

ぬくもりが伝わってきて満ち足りた気分になる。

（ユリビスのこと、殿下にお伝えしたほうがいいのかしら……）

ライオネルから逃げられる気がしないし、このままこの腕の中に囚われていたいと思ってしまう。

クララも一人の女性として、誰かを愛したい気持ちがあった。

けれど、一番優先しなければならないのは息子ユリビスのことだ。自分の心は二の次。母親として、まずはユリビスの幸せを考えなくては。

(ユリビスにとって、最善の選択肢は……？)

クララは決心がつくまで、もう少し考えることにした。焦りは禁物だ。

ユリビスの瞳を茶色のまま維持できる期間は、まだ一週間ある。

クララが黙り込んでいると、ライオネルが声を上げた。

「あっ、そうだ。体調はもう平気？」

「はい。すっかり元気になりました」

「じゃあ、今から少しだけ付き合ってくれない？　俺のとっておきをクララにも見せたいんだ」

「とっておき、ですか？」

ライオネルに手を引かれてベッドから立ち上がる。

(私に見せたいものって……？)

全く予想がつかない。それもそのはずで、ライオネルとクララは今までほとんど接点がない。クララの知る彼は、ビアト帝国の第二皇子としてのライオネルで、一人の男性としては何も知らないのだ。だからこそ、本当の彼を見てみたかった。

「外へ出るから……着替えたほうがいいかな」

「わかりました。準備しますので、少しお待ちいただいてもいいですか？」

「うん。扉の前で待ってるよ」

ライオネルが退室するのを見届けて、クララは身なりを整えた。

発熱で汗をかいた体を濡らした手布で清拭《せいしき》すると、さっぱりとした。服を着て緩《ゆる》やかにウェーブする青髪に櫛《くし》を通す。ライオネルを待たせるのはいけないと、急いで手を動かした。

「じゃあ行こうか」

さらりと手を繋《つな》がれる。再会してから何度か触れ合っているけれど、未だに慣れなくて心臓がうるさく鳴る。動揺を包み隠すように、クララはライオネルを見上げた。

「あの……どこへ行くのですか？」

「この皇宮で最も美しい場所だよ」

ライオネルはそう微笑み、クララの手を引いて歩き出した。

夜の皇宮は、昼の騒めきが嘘のように静かだ。等間隔の灯籠に照らされているものの、薄暗くて一人で出歩くのは少し怖い。

こんな夜中に美しい場所？　と不思議に思いながらも、クララは黙ってついていく。

皇族居住区を抜け、政治経済の中枢である中央宮の階段を上る。そして、最上階の突き当たりにある扉を開け、外階段へ出た。

足元に気をつけながら螺旋状《らせんじょう》の階段を上ると、皇宮で最も高い場所に辿り着く。

「クララ、おいで」

慣れた様子で屋根の上に座るライオネルの隣に、クララも腰を下ろした。

「わぁ……」

満天の星の下に、帝都の街並みが広がっている。

人々が寝静まる時間帯にもかかわらず、ところどころに煌々《こうこう》と明かりが灯されていた。球体の屋根の中央神殿もしっかりと確認できる。

まるで天から舞い降りる祝福に、街が照らされているようだった。

「どう？」

「とても綺麗です」

「良かった。ここは疲れたときや何も考えたくないときによく来るんだ」

ライオネルの高貴な瞳が柔らかく細まる。

不意にヒュウ、と冷たい夜風が通り抜けていった。長い青髪が舞って、クララの体が揺らぐ。

「きゃっ……」

「大丈夫？　危ないからこうしようか」

「あ、ありがとうございます……」

ライオネルは足の間にクララを入れて、腹部に逞《たくま》しい腕を回す。この体勢であれば、緩《ゆる》やかな傾斜の屋根の上では確かに安定感があるのだが、なにせ距離が近い。

「あたたかいし、最初からこうしていれば良かったね」

「殿下……近すぎでは？」

「俺たちは婚約者なんだから、これくらい普通だよ。それとも……俺にこうされるのは嫌？」

耳元で囁《ささや》かれる低音美声に、身震いする。

嫌なんて微塵も思わない。むしろ嬉しくて、頬が緩んでしまいそうになるのを必死に抑えているくらいだ。

しかしユリビスのこともあって、クララは自分の想いを素直に口にできない。

「あんまりこういうのは、慣れてなくて」

「うん。少しずつでいいから、俺に心を向けてくれたら嬉しい」

がっしりと抱えられた腕に力が込められる。

このままではいけないと、クララは意を決してライオネルに問いかけた。

「殿下のことを教えてくれませんか？　正直、私は殿下について何も知らないので」

「あぁ、確かに。手続きを先に進めちゃったからね。クララは俺の何を知りたいの？」

「些細《ささい》なことでいいんです。好きなものとか嫌いなものとか――」

「この世で一番好きなのはクララだよ」

さらりと言われて、顔から火が出そうなほど熱くなった。

「え、あっ、あのっ、それは」

クララの上擦《うわず》った声に、ライオネルは肩を揺らして笑う。……揶揄《からか》われた。

「くくっ、ごめんごめん、そういうことじゃないよね。クララが腕の中にいることが嬉しくて、つい」

頭の上に心地いい重みが載る。小柄な体がすっぽりとライオネルに包まれてあたたかい。

「好きなものかぁ。なんだろうな……こういう夜景や青空は好きかな。くだらないしがらみや、いがみ合いもちっぽけに思えるから」

皇子としていろんな経験をしてきたからこそ、思うことなのだろう。孤児院、神殿、聖域と閉鎖された場所でしか生きてこなかったクララにはピンとこない。けれど目の前に広がる壮美な景色を見ていると、世界は広いのだなぁということは感じる。

「私、知りませんでした。こんなに世界は広くて美しいのですね」

ずっと北部神殿にいたままだったら、きっと気づくことはなかっただろう。いかに自分が井の中の蛙だったのかを思い知る。

「俺のお気に入りをクララも気に入ってくれて良かった。これからは全部クララと共有できる。楽しみだな」

「あの……」

――どうして殿下は私のことをここまで想ってくださるのですか？

そう問おうとして言葉に詰まる。

ライオネルは、クララが聖女だから好きになったのではないと言っていた。けれど親も友人もいなくて、神聖力くらいしか取り柄のないクララをどうしてこんなにも想ってくれているのか、不思議で仕方ない。

ビアト帝国の第二皇子という立場でこんなにも見目麗《うるわ》しいのだから、世界中の美女を選びたい放題だろうに。

（……ううん。殿下が私を好む理由を知ったところで、何も変わらないじゃない。ユリビスを守るためには、私の気持ちなんて優先してはだめなのだから……）

クララは自分を律して「いえ、何もありません」と言葉を濁した。

ライオネルに好意を打ち明ければ、必然的にユリビスがクララたちの息子であることを伝えなければならない。

冷えた夜の風が肌を撫でていく。ライオネルに浮かされた熱がわずかに冷まされて、クララは自分の感情に蓋をした。

「あ、そうだ、クララに伝え忘れてた。セシーリア皇太子妃からお茶会の招待状が届いたみたいだよ」

「……えぇっ⁉」

クララの目の前がサァッと真っ暗になった。

＊　＊　＊

翌日、クララは数名の女官たちに手伝われて美しいドレスを纏《まと》った。

ライオネルの瞳を彷彿《ほうふつ》とさせる澄み切った紫色のドレスは、光沢があり気品に満ち溢れた一着だ。

左右非対称になった最先端のデザインは、幼く見られがちなクララを年相応の大人の女性に見せてくれる。金剛石の首飾りが映えるように、普段下ろしている青髪は結い上げた。

クララは緊張した面持《おもも》ちで、茶会の場に向かう。ユリビスは他の使用人たちとお留守番だ。ユリビスもライオネルもいないので、とてつもなく心細く感じる。

「絶対に場違いだし、マナーもなっていないし、恥を晒《さら》すだけだわ。やっぱりお断りしたほうが……」

「クララ様、もう会場に着くのですから、覚悟をお決めください」

「ううっ」

クララ付きの女官にぴしゃりと一蹴され、渋々案内されるがまま皇宮内を歩く。

招待客は二人だけだから、気後れせず来てほしいという文言が添えられており、その厚意を無下にできず……こうしてここまで来てしまった。皇太子夫妻が暮らす皇太子宮には、いたるところに白薔薇《ばら》が活けてあった。皇太子妃が好む花なのかもしれない。

クララは貴族のマナーなど学んだことはない。神殿勤めのときに、最低限のマナーと教養は本を読んで覚えたけれど、聖女と貴族女性では良しとされる基準が異なっていたりする。

（できるだけ粗相しないように、大人しくしていよう……）

クララはにこりと笑顔を作り、背を伸ばして気合を注入すると、会場であるサンルームに入る。

そこには亜麻色の髪の美女と、銀髪碧眼の可愛らしい女性が着席していた。

日光に照らされる美女二人の姿は、目眩《めまい》がしそうなほど光り輝いている。

（はうぅ……！　こんな美しい人たちは見たことがないわ。発光してる！　すべてが発光しているわ！）

美オーラに圧倒されながらも、クララはなんとかカーテシーをする。

「お招きいただきありがとうございます。クララでございます」

「まぁまぁ！　お待ちしておりましたわ」

立ち上がり、そばまで来てくれたのは亜麻色の髪の女性だ。垂れ目がちの翡翠の瞳からは優しさが滲み出ている。

「初めまして。セシーリアよ。このたびはライオネル皇子とのご婚約おめでとうございます」

「ありがとうございます。セシーリア皇太子妃殿下」

「まぁ、そんな堅苦しく呼ばなくていいのよ。義姉《ねえ》さんとでも呼んで？」

「そんな……」

初対面で格上の相手を気軽に呼べるほど、クララは図太くない。

相手が不快にならない程度に謙遜《けんそん》して、促されるまま着席した。

「紹介するわ。こちらの女性はワグ国の第一王女ネネット様よ」

セシーリアから紹介を受けて、ネネットはにこりと天使のような笑みを浮かべた。

「聖女クララ様にお目にかかります。ネネット・ルナユ・ワグと申します」

（ええっ、この方がライオネル殿下とのご結婚が噂されていた王女様……！）

愛くるしい丸い碧眼の奥に、品定めをするような何かを感じる。

クララは汗で濡れる手のひらを強く握りしめた。

「皆さんの好みがわからなくて、様々な種類の菓子を用意したわ。お口に合うものがあればいいのだけれど」

セシーリアの言葉を機に和《なご》やかな雰囲気で始まった、三人のお茶会。

丸テーブルには所狭しと菓子が置かれ、飲み物も紅茶からハーブティーまで数多く並べられていた。クララは目を丸くしつつ、お礼を言う。

「セシーリア様、こんなにたくさんご配慮いただいてありがとうございます。初めて目にするものも多く、とても興味深いです」

「そうでしょう。帝都で人気のものを揃えたの。ワグ国ではどんな菓子が人気なのかしら？」

「パイでしょうか。最近は果物のコンポートを使った菓子が人気ですわ」

「まぁ！　美味《おい》しそうね」

「ビアト帝国産のカカオは、良質で香りが良いと聞きました。お一ついただいてもよろしいかしら？」

「もちろんよ。カカオといえばチョコレートの原料なのだけれど、最近、廃棄されるカカオの殻から抽出した染料で糸を染める事業を始めたの。市井にも幅広く普及できるように、今は試作の段階なのよ」

「資源を余すことなく利用するのですね。素晴らしい事業ですわ」

高貴な二人の会話を聞いているうちに、口内がカラカラに乾いていく。

浮きまくっているクララは、一秒でも早く帰りたい気持ちでいっぱいだった。高級紅茶の味も香りも全く感じない。

「クララ様は普段どのようなものをお好みに？」

セシーリアに話を振られて、どきりと心臓が跳ねる。

嘘をついても仕方ないので、正直に話した。

「菓子はあまり口にすることはありません……」

「そうなの。神殿は神聖な場所だものね」

セシーリアはクララが神殿暮らしだったこともあり納得していたが、理由はそうではない。

（働いて倒れて回復して……の繰り返しで、菓子なんか食べる時間も余裕もなかったもの）

食事ですらまともにとれないことも多かったのだ。

「でも、一度だけ、治癒した患者からお礼に飴をいただいたことがありました。小さい子どもが、自分が食べたいのを我慢して私にくれて。その飴がとても甘くて美味《おい》しかったのを覚えています」

神殿勤めの日々を思い出していると、ついぽろっとそんなエピソードを話してしまった。

カシャン、とネネットの手からカトラリーが滑り落ちて大きな音が鳴った。

「す、すみません。お茶会に相応《ふさわ》しくないお話でしたね……」

「いえ……クララ様は、本当に素晴らしい聖女様です」

ネネットが顔を伏せたまま小声で呟《つぶや》いた。

（ああぁっ、怒ってる⁉　そりゃあ突然現れた卑《いや》しい身分の聖女が、ライオネル皇子殿下の婚約者になったらそれは不快よね！　殿下と不釣り合いだと罵倒されても仕方ないし、ネネット様のほうが誰が見てもお似合いだもの……）

よく見るとネネットの肩が小刻みに揺れていて、必死に感情を押し留めていることが伝わってくる。

「本当にクララ様は素晴らしいわ！　ライオネル皇子も、きっとクララ様の美しい御心に惹かれたのでしょうね」

追い打ちをかけるようにセシーリアがクララを褒め称える。

（妃殿下ぁ、やめてくださいいいぃっ！）

「是非お二人のお話を伺いたいわ。クララ様は、ライオネル皇子のどういったところをお慕いしているの？」

（妃殿下あぁぁっ！）

くらりと倒れてしまいたい衝動を、クララは腹の奥に力を込めてなんとか耐える。

ネネットのほうを向くのが恐ろしくて、手元の紅茶を見つめた。強張《こわば》った笑顔の情けない自分が、紅茶に映っている。

「殿下は……私が言うまでもなく、優秀で素敵な方ですので……」

「まぁ、クララ様ったら照れていらっしゃるのね。私たちの前では惚気《のろけ》ていいのよ！」

きゃっきゃと楽しそうに菓子を摘《つま》みながら話を続けるセシーリア。

どうかこの状況を察してはいただけないだろうか……

「ふふっ、レオから色々と話は聞いていたわ。ライオネル皇子がクララ様に夢中だって！　婚約式も一秒でも早く行いたいと、無理をおっしゃったとか」

レオとは、レオカール皇太子のことだろう。皇太子から聞いた話を、楽しそうに語るセシーリアはどうやら恋愛話が大好きなようだ。うっとりと頬を薄紅色に染め、期待を込めたまなざしでクララを見つめてくる。

ライオネルと恋仲だと噂されていたネネットの前で、婚約話は避けたいというのに。

（あぁ、いっそのこと神聖力を振り撒いて、発作で気絶してしまいたい……）

ショートした脳は、次第に現実逃避を始めた。

友人と呼べる存在がいないクララは、人付き合いでどのように振る舞うのが正解なのかわからない。やはりネネットがどんな表情をしているのか確認するのが恐ろしくて、クララは手元ばかり見つめる。

この状況を回避することも静めることもできないクララは、ただひたすらこの気まずい空気に耐えるしかなかった。

「……っ、うっ……」

「ネ、ネネット様……？」

ずっと顔を伏せていたネネットが、思い切ったように顔を上げる。

銀髪碧眼の麗《うるわ》しいご尊顔が、歓喜に満ちていた。

「本当に……っ、本当になんてできた聖女様なのですか！　外見の美麗さや姿勢、所作の美しさだけではなく、内面まで清らかだなんて……！　ワグ国には聖女がたくさんおりますが、このような素晴らしい聖女様は見たことがありませんっ!!」

「………え？」

想定外の展開に、クララの口から間抜けな声が漏れた。

セシーリアはさも当然といった態度で、優雅に茶を飲んでいる。

「クララ様……いえ、畏《おそ》れながらクララ姉様とお呼びしても⁉」

「あ、はい。どうぞ……」

勢いに押されたクララが許可すると、ネネットの愛らしい顔に花が咲いた。それを見て、セシーリアは微笑みながら口を開く。

「ネネット様は、クララ様にお会いできる日を長い間心待ちにされておいででしたから。今日もご挨拶《あいさつ》してからずっと緊張なさっていて」

「そう、なのですか？」

こんな欠陥聖女に？　と不思議に思う。

「えぇ。だって、クララ姉様は伝説の『慈愛の聖女』様ですもの！」

目を輝かせるネネットの言葉に、クララは大きく瞠目した。

（慈愛の聖女……？　私が……⁉）

クララはまたしても目眩《めまい》がした。

聖女が誕生したのは、ワグ国だと言われている。周囲を険しい山脈に囲われた閉鎖的な地に、突如として誕生した初代の聖女は強い神聖力を持っていた。

その尊《とうと》い力は人々の怪我を治し、病気を癒し、毒までをも無効化した。その女神のような力を持つ聖女は、人々から『慈愛の聖女』と呼ばれるようになった。

なぜなら、彼女は神聖力を使うたびに苦痛を伴う体質だったから。

「――自分自身も痛みを感じながらも、人々を癒し治癒する聖女は『慈愛の聖女』と呼ばれ、我が国では長年誕生を待ち侘びておりました。それがまさか、ビアト帝国にいらっしゃるとは……」

ネネットはクララを崇拝するような瞳で見つめて言う。

クララはその『慈愛の聖女』が自分だということがにわかに信じがたかった。

「ネネット様。私がその慈愛の聖女だという確証はありませんよね？」

「クララ姉様のように、発作を起こす聖女は他におりませんわ。それに昨日ゾアード様を治癒されたでしょう？　完治したと聞いて、確信しましたの」

「確かに、ゾアード様の怪我は治しましたが……どうしてネネット様がそのことをご存じで？」

「ゾアード様とは、以前より親交がありまして」

ネネットは少し目を伏せて続ける。

「ゾアード様の肩の傷は、私を庇って受けたものでした。あの毒矢には、普通の神聖力では治癒できない特殊な毒が塗られていたのです。慈愛の聖女でないと、完治させられないと言われていました」

「そうだったのですか。どうりでなかなか治らないなぁと……」

先日、ゾアードの治癒に大量の神聖力を使ったことを思い出す。あのときはユリビスが怪我をさせてしまったと思っていたから何の疑問もなく神聖力を使ったけれど、そんなにひどい状態だったたとは。結果としてゾアードを助けることができて本当に良かった。

「ゾアード様を助けていただき、本当にありがとうございました。私のせいで傷ついてしまったあの方を見るのはとても辛かったので……。私からも感謝の気持ちを伝えさせてくださいませ」

「いえ、そんな」

ネネットの言葉を聞いて、自分が慈愛の聖女かもしれないという思いがじわじわと湧いてくる。

(本当に、私が……?)

クララはおもむろに自身の手のひらを見つめた。なんの特徴もない、平凡な手だ。

ずっと欠陥聖女として蔑《さげす》まれ、発作にはさんざん苦しめられてきた。それはクララが強い神聖力を宿しているからだったなんて……

「でも、自分が慈愛の聖女だとは、信じられません……」

「ビアト帝国に慈愛の聖女が存在するという情報とともに、ライオネル殿下は我が国までおいでになりました。そして両国平等な和平条約を結ぶこととなったのです。私はクララ姉様に直接お目にかかりたく、この皇宮でお世話になっておりましたの。慈愛の聖女は、ワグ国において大変重要な存在ですから」

「そうだったのですね。私てっきりネネット様が殿下とご結婚されるのかと……」

「まぁ、新聞の記事は当てになりませんわ。それにライオネル殿下はクララ姉様しか眼中にございませんよ」

おほほと生ぬるい目で見られて、クララは赤面した。

でも、これでようやく腑《ふ》に落ちた。

（殿下は私が慈愛の聖女だから、あんなに想ってくださっていたのね……）

ライオネルの異常ともいうべき執着は、慈愛の聖女へ向けられたものだったのだ。

他の聖女とは違う、特別な聖女。政治の道具としても使いようはある。

これまで不可解だった謎が解けたと同時に、胸の奥が少しだけ痛んだ。

「本当にこれからが楽しみですわ。クララ姉様のお子様が生まれたら、ビアト帝国は女神の祝福に満たされることでしょう！」

「まあ、ネネット様。結婚式もまだですのに、気が早いわ」

セシーリアとネネットは笑顔で顔を見合わせている。

「それで、クララ姉様はライオネル殿下のどこが魅力的だと思いますの⁉」

「そう、それが聞きたいのよ！」

「え」

セシーリアとネネットは前のめりにクララの顔を覗き込む。

「ええと、先ほども申し上げた通り……」

「もうっ、そんな建前はどうでもいいの！　なんて告白されたの⁉　プロポーズは？」

「そんなに情熱的に殿下に愛されていらっしゃるのなら、さぞロマンチックな求婚なのでしょうね……！」

盛り上がる二人を前に、クララは冷たい汗をかいた。

（拉致されるように皇宮へ連れてこられて、よくわからない魔法道具をつけさせられた上、騙されて婚約式を挙げました……なんて言えるわけないわっ！）

「ふ、普通だと思います。私、混乱していてよく覚えていなくて……」

「皇子はレオの前でも恋心を隠す様子すらないそうよ。毎日クララ様に早く会いたくて、懸命に執務に励んでおられるとか！」

「常日頃から愛を囁《ささや》かれていたら、どれが求婚の言葉かなんてわからなくなってしまいますわね！」

（うわわあああぁっ）

明後日の方向に話が暴走しているが、クララにそれを止める術《すべ》はない。

「あ、あの、ネネット様には想い人はいらっしゃらないのですか？　婚約者様とか……」

早く自分の話を終わらせたいとばかりに、クララはネネットに話を振った。

「……っ！」

かぁっと顔面を赤く染めたネネットは、もじもじと俯《うつむ》いた。意外な反応に、目が点になる。

セシーリアは瞳を輝かせて、にっこりと口角を上げた。

「うふふ。クララ様、よく気がついたわね。ネネット様が皇宮へ滞在されているのは、クララ様にお会いすることもそうですけれど、ある殿方と一緒にお過ごしになりたいという理由もあるのよ」

「妃殿下……っ！」

きょろきょろと辺りを見回したネネットは人差し指を唇に当て、「静かに……！」と眉をひそめた。

「ネネット様、大丈夫よ。人払いはしてあるわ」

「でも、扉の前には護衛の騎士が立っているのでは……っ」

「この部屋は防音完備だから、彼らには聞こえないわ」

「ならいいのですが……」

ネネットの発言や態度、そしてやたら騎士を気にしている様子から、クララはとある人物を思い浮かべた。

「もしかして、ゾアード様？」

「……っ」

さらに赤みを増したネネットの顔面を見て確信する。

そういえば、ゾアードの肩の傷はネネットを庇ってできたものだと言っていた。

「ネネット様はゾアード様とどういったご関係なのですか？」

クララが問うと、ネネットは恥ずかしそうにしながらも一連の経緯を教えてくれた。

クララが聖域に引きこもっていた六年間、ゾアードはワグ国に滞在していた。

閉鎖的で他国の者を受け入れないワグ国で、ゾアードは傭兵として一兵卒から兵役に従事し、メキメキと地位を上げ、王族の護衛に抜擢されるほど昇進した。それから数年間ネネットの護衛騎士として、そばについていたのだという。

確かに身を挺《てい》して守ってくれた騎士に恋心を抱く王女の気持ちは、わからなくはない。

のちにライオネルの指令でワグ国に来たこと、そして慈愛の聖女について調べ、ワグ国との和平の橋渡しとなるべく動いていたことを知ったそうだ。

「初めは裏切られたような気持ちになりましたが……ゾアード様が命を懸けて私を守ってくれた事実に変わりはありません。そういった経緯もあって、我が国はビアト帝国と和平条約を結ぶ運びとなったのです」

「つまり……愛は国家間の問題すらも乗り越えるってことよ！」

セシーリアはうっとりと頬に手を当てる。

「あの、彼には秘密にしてくださいね……？」

ネネットの必死な姿に、クララは「もちろんです！」と力強く頷いた。

「あっ、でも、ここにいるのはクララ姉様にお会いしたいのが一番の動機ですから……っ！」

さっきまでの王女たる毅然とした姿はなりをひそめ、今のネネットは恋愛にときめく可愛らしい女性だ。

王女という身分から、おそらく自由に恋愛はできないだろうけれど、全力で応援したいと思う。

「私にできることがありましたら、いつでもお声がけくださいね！」

「クララ姉様……！」

初めて女友達ができたようで、クララはくすぐったい気持ちになった。

なんとか無事に皇太子妃主催のお茶会を終えたクララは、その足でユリビスのもとへ向かった。

今、どうしてもユリビスの顔が見たくなったのだ。

ユリビスの部屋には図書館から借りてきたであろう絵本や、図鑑などが広げてあった。

「ユリビス！　一人にしてごめんね」

「ううん。おかえりなさい。お母さん、ドレスとってもステキ。紫色がきれいだね！」

「ありがとう。ねぇ、ぎゅうってしてもいい？」

ニカッと太陽のように笑ったユリビスは、クララの胸に飛び込んだ。

小柄なクララよりも、もっと小さくて柔らかいユリビスの体を抱きしめる。

「お母さん、嫌なことでもあったの？」

「ううん。何もないわ」

金糸のような髪を撫でながら、クララは安心させるように言う。

「皇宮へ来て一週間経ったけれど、どう？　ここでの暮らしは楽しい？」

「うん、楽しいよ！　みんな優しくしてくれるし、いろんなことを教えてくれるんだ！」

「そっか」

クララは未だにどうするのが正解なのかわからないでいた。

自分がまさか希少な慈愛の聖女だなんて夢にも思っていなかった。きっとクララは、これから慈愛の聖女としての役割を求められるのだろう。慈愛の聖女がビアト帝国に存在するということだけで価値があるのだから。

神殿がクララとライオネルの婚約を承認したのも、慈愛の聖女を他国に奪われないようにという思惑があったのかもしれない。

（でも……ユリビスはどうなるの？）

誰も、慈愛の聖女が子を産んでいたという事実を知らない。もしそれが世間に知られてしまったら……一体どうなってしまうのだろう。

慈愛の聖女が第二皇子と六年前に関係を持っていた――つまり皇家は慈愛の聖女を手に入れるため、婚姻前に既成事実を作ったということになる。そしてクララは皇宮から逃げ出し、聖域に閉じこもり、ユリビスを出産した。

ネネットの話では、ワグ国において慈愛の聖女は女神と同様に崇拝の対象のようだった。もしクララがユリビスを産んだ経緯が知れ渡れば、慈愛の聖女を崇め称えるワグ国から反発が起こるのではないだろうか？　せっかく結んだ和平条約に亀裂が生じてしまうことになりかねないのでは……？　最悪、ビアト帝国がユリビスを幽閉し、出生を隠蔽《いんぺい》するかもしれない。

（殿下には……言えないわ。殿下が求めているのは慈愛の聖女である私だけだもの。ユリビスのことを知ったら存在を隠そうとするに決まってる。ユリビスを守り、そばにいるためには……私は一体どうすればいいの……）

クララが暗い顔をして黙り込んでいると、ユリビスが空色の瞳を覗き込んだ。

「僕、お母さんと一緒にいられるなら、どこでもいいからね」

「ユリビス……」

子どもは思った以上に親の様子を窺《うかが》っている。顔や態度に出さずとも、ユリビスにはクララの迷いや不安が伝わってしまっていたのかもしれない。

自分のことは後回しでいい。まずは息子のことを考えなければ。ユリビスの母親はたった一人なのだから。

「お母さんも、ユリビスが一番大切よ。私の命よりも、他の何よりも」

薬で色を変えている茶色の瞳を見つめ、クララは穏やかに微笑んだ。

釣られるように、ユリビスも笑顔になる。目尻をくしゃくしゃにした、屈託のないユリビスの笑顔が大好きだ。

「お母さんは絶対幸せになるよ。僕が保証する！」

「ふふ、ありがとうユリビス。あなたがいるだけでお母さんは幸せよ」

(今、私がやるべきことはひとつ。ユリビスにとって最善の将来を考えて導いてあげることよ)

愛息子に元気づけられたクララは、改めて決心したのだった。

＊　＊　＊

夜、寝支度を済ませたクララは、女官に頼んで図書館から借りてきてもらった本をテーブルに置いた。

『ビアト帝国道路図』

『馬車の駅舎と経路図完全版』

『ホーギア魔術大国の魔法の不思議』

それらをパラパラと流し読みしながら、目的の人物を待つ。

クララにとって、これは賭けだ。

しばらくすると、荒々しいノック音とともにライオネルが入室した。

「クララ、少しいいかな」

「はい。なんでしょうか、殿下」

クララの予想通り、使用人たちから情報が伝わっているようだ。ライオネルはテーブルの上をちらりと一瞥《いちべつ》して、クララと向き合う。

「……この本、読んでどうする気なの？」

「どうもしません。少し気になっただけです」

ライオネルの眉が不機嫌に吊り上がる。慈愛の聖女を手放したくないライオネルにしてみたら、逃亡を匂わせるような行動はさぞかし不愉快なことだろう。

「また僕から離れようとしても無駄だよ。次は絶対に逃がさないから」

左手を取られて、手首の腕環にキスが落ちる。

「これは魔法道具ですよね。一体どんな効果があるのですか？」

「さぁ。なんだったかな」

案の定、教えてくれる気はサラサラないらしい。

本題に入るため、クララは口を開いた。

「殿下。ユリビスをどうするおつもりですか？　このまま皇宮内で育てていくのですか？」

「クララの大切な子とはいえ、皇宮で育てるのは無理だね。どこか男児を欲している家門の貴族に養子に出すか、孤児院に移すことになるかな」

「……私のもとで育てるのは無理なのですか？」

「可能性として、俺とクララの子が生まれれば、乳兄弟としてそばに置くことはできる。それ以外は難しいね」

想定通りの言葉が返ってきて、やはりとクララは考える。

ライオネルの婚約者でありつつ、真実を隠しながらユリビスを自身の手で育てるのは不可能だ。

（ユリビスが本当は殿下と私の子どもだと伝えたら……少しは喜んでくれるかしら？　ユリビスのことを愛する息子として守ってくれたり……ううん、どちらにしろ、私とユリビスが引き離されてしまうことに変わりはない）

もし、ライオネルがクララのこともユリビスのことも愛してくれたら――なんて都合のいいことを考えてしまう。第二皇子に隠し子がいたとわかれば、ワグ国との関係性に亀裂が生じ、大事《おおごと》になってしまうことは避けられないのに。

クララは、自分はどうなっても良かった。たとえ罪人になろうと、拷問されても、最悪聖女でなくなってしまっても構わない。

でもユリビスは、ユリビスだけは幸せになってほしい。あたたかな人たちに囲まれ、衣食住を保証されている中で、将来を自由に選択できる教養を身につけさせてあげたい。

母としてクララが望むのは、一つだけだ。

だから、もうこれ以外の選択肢は考えられなかった。

「私との婚約を破棄していただけませんか」

震えそうになる声を、なんとか平静を装《よそお》って絞り出した。けれど、あまり上手くできた気がしない。ライオネルを直視できなくて、クララは床に敷いてある毛足の長い絨毯《じゅうたん》を見つめる。

ユリビスのそばにいるためには、ライオネルと離れるしかない。

ライオネルはゆっくりとクララの肩を掴むと、瞳を覗き込むように顔を近づけてきた。

「ねぇ……どういうこと？」

クララに真意を問う声色はいたって冷静なのに、腹の底から震えが湧き起こってくる。

彼を怒らせることは承知の上での発言だったけれど、ライオネルの怒気は本能で恐ろしいと感じた。首を絞められたように声が出ない。

「ユリビスと暮らせないから？　所詮は他人の子だというのに、どうしてクララはそこまで必死になるのかな？　クララは俺よりもユリビスを優先すると言うの？」

肩を掴む手の力の強さで、ライオネルの激しい苛立《いらだ》ちが伝わってきた。

「六年……いや、それよりももっと前から俺はクララだけを見てきたのに。どうして伝わらないかな……」

怒りと悲しみの両方が、声色からもひしひしと伝わってくる。

けれど、クララも譲れないのだ。愛する息子と生きていくためなら、悪女にだってなれる。

クララは覚悟を決めて、ライオネルに願い出た。

「婚約者という立場でなくとも、私は『慈愛の聖女』として帝国に尽くすことをお約束します。殿下の命令にはすべて従うと、念書を書いてもかまいません。ですからどうか婚約をなかったことにして、ユリビスと穏やかに暮らすことを許してはいただけませんか」

ライオネルの瞳が大きく見開かれた。

「……慈愛の聖女のこと、知ってたんだ。……あぁ、茶会か」

「はい、ネネット様が教えてくださいました。私はワグ国が探していた特別な聖女だと。私の存在を交渉に使って、ワグ国との和平条約を締結させたと、そう伺いました」

「なっ……その言い方には語弊がある！　ワグ国が慈愛の聖女を求めていることを知ったから、その情報を伝えただけだ。クララの意思を無視して取引など行っていないし、両国にとって互いに利になるようにと――」

「私を利用したことを咎めているわけではありません。むしろ、殿下のお立場では当然の選択だと思います」

「……っ、クララ！」

「殿下、お願いします。私……ユリビスが世界で一番大切なのです。守りたいのです。私の手で、幸せにしたいんです」

クララが瞳を潤ませ懇願すると、ギリッと歯を食いしばる音が聞こえた。

「……クララは、俺よりも他人の子どもが大事だと言うんだね」

痛みに悲鳴を上げる心臓を宥《なだ》めて、クララは静かに頷いた。

「全身全霊でクララに俺の気持ちを伝えていたつもりだったけど、伝わらなかった……？」

「そもそも殿下が私を求めるのも、繋《つな》ぎ止めようとするのも、私が慈愛の聖女だからですよね。私に政治的価値が生まれたから……」

自分で言っておいて、盛大に傷つく。

クララの魅力なんて、せいぜい身に宿す神聖力だけ。昔はそれが身に余るくらいの幸運だと思っていたのに、今はクララの心に重い影を落とす。

自分自身に価値はないと、とっくに理解していたつもりなのに……そのことがひどく悲しくて虚しい。

「――クララッ！」

突然、ライオネルの腕の中に閉じ込められる。小柄なクララは、逞《たくま》しい体にすっぽりと覆われてしまった。

（泣いてはだめ。すべてはユリビスのためなんだから、絶対に泣いちゃだめ……）

愛おしくてたまらない甘い香りに、涙が込み上げてきそうになるのを必死に堪《こら》える。自分の恋情に何重にも蓋をしているのに、今にも吹きこぼれそうだった。

だけど今はユリビスの母クララとして、最善の選択をしなければならない。

「殿下が欲しているのは〝特別な聖女のクララ〟であって、〝ただのクララ〟ではないんだって……わかっています。殿下が国のことを優先するのも当然のことです」

「ちゃんと聞いて。俺はクララを愛してる」

「……そんな無理に愛の言葉をおっしゃらなくてもいいですから。ちゃんと慈愛の聖女として国に貢献します」

無理やり引き止めるための言葉なんて聞きたくないし、言わせるのも申し訳ない。自分の身の程などわきまえている。

クララは硬い胸を押して、距離を取ろうとした。しかし、力強い腕はそれを許してくれない。

「無理になんて言ってない、本心だよ。俺は〝ただのクララ〟を愛してる」

「そんなわけ……ないです」

「どうして俺の気持ちを疑うんだ？」

「だって、私は身分も低いですし、容姿だって冴えないですし、何もかもが殿下とは釣り合いません。聖女であることだけが、私の価値ですから」

「はあぁ……クララの言い分はわかった。何を言っても俺の想いを信じられないのなら、信じさせてやる」

「殿下!?」

ライオネルはクララを抱えて歩き出す。ベッド脇まで来ると、丁寧に下ろした。その手つきは今までと変わらず優しいのに、なぜか不安が募る。

立派な四柱ベッドには目隠し用の紗の布が取りつけられていて、紐で留められている。ライオネルはその紐を外し、クララの両手首を掴んだ。

「一体何を――っ」

嫌な予感がして逃げ出そうともがくも、あっという間に手首を紐で固定され、柱の高いところに繋《つな》げられた。かろうじて足は床についているけれど、座ることはできない。

「殿下っ、なぜこんなことを！」

「クララ。俺は今、猛烈に腹が立っているよ」

海の底を這うような、ドスの利いた声にクララは身震いする。

（す、すごく怒ってる……！）

いつだって皇子として冷静さを欠かず微笑んでいたライオネルだからこそ、取り繕《つくろ》わず怒りを露《あら》わにした様《さま》は鬼神のような迫力があった。

「婚約を破棄したいだと？　俺よりユリビスを選ぶだと？　ははっ、そんなこと、許せるわけないだろ。絶対に認めない」

ライオネルは乱暴に服を脱ぎ捨てて、上半身裸になった。左右均等の立派な筋肉美に、クララは思わず赤面してしまう。

ライオネルは脱ぎ捨てた上着の内ポケットから小さなナイフを取り出し、クララの寝衣に手をかけた。淡いピンクの寝衣の襟元に刃が当てられる。

「うそ……お、お待ちください……！」

「言葉で通じない相手には体でわからせるしかない。そうだろ？」

ビリビリ……と、肌触りの良い布がゆっくりと切り裂かれていく。くるぶしまであった寝衣は裾まで切り裂かれて、クララの白い肌が外気に晒《さら》される。

「殿下、やっ、やめてくださいっ」

「クララの嫌がることは決してしないと誓ったけれど……仕方ない。俺の逆鱗に触れたクララが悪いんだよ？」

「おねがい……でんかっ！」

「クララが聖域に閉じこもっていた六年間も、皇宮で過ごしている間も、ずっとこうして触れたいと思ってた。あの一夜を何度も何度も思い出して、そのたびに自分で自分を慰めたよ。……あぁ、やっぱりクララは綺麗だね」

「見ないで……っ！」

下着まで奪われ一糸纏《まと》わぬ姿となったクララを、ライオネルは頭から足の先まで舐めるように見つめた。

両手を頭上で固定されていては、隠すこともできない。せめて恥部を隠そうと、太ももを擦《す》り合わせて体を捩《よじ》らせたが、あまり効果はなかった。

「再会したときから思ってたけど、六年前よりもふっくらとしたよね。胸も大きくなったし、腰の曲線も……。質感も柔らかくて気持ちいい」

「やあっ、ぁん……！」

ライオネルの手がクララの全身を撫で回す。その手つきは宝物に触れるかのように優しい。恐怖に苛《さいな》まれていた感情が少し落ち着く。

聖域では大婆様に、赤ちゃんの分も食べなさいとたくさん食事を用意され、出産後はユリビスが食べ残した料理を処理していたので、確かにクララは以前より肥えた。妊娠出産を経て変わってしまった体を見られるのが、無性に恥ずかしく感じる。

「太ったから、そんな、触らないでください……」

「もっと太っていいくらいだよ。まだまだクララは細すぎる。さぁ……どうしたらクララは俺の気持ちを理解してくれるかな。優しくするだけじゃ伝わらないとわかったし……。好きな人を痛めつけるなんてもってのほかだ。うーん、どうしようかなぁ」

ライオネルは独り言のように呟《つぶや》いてクララの全身を撫でながら、耳たぶを食《は》む。ライオネルに触れられて、すでに体は熱く火照《ほて》っていた。

「クララは床でもどこでも眠ってしまうからね。でも、さすがに立ったままでは眠れないでしょ？だから俺の気持ちを正しく理解できるまで、今日は寝かせないよ」

そう言って強引に唇を奪われる。怒気のこもった荒々しい口づけが甘く感じたのは、気のせいだと思いたい――

四柱がギシギシと唸《うな》る。

食べるように全身を愛撫されて、クララは吊るされた紐に必死に縋《すが》りついた。透き通った白肌の上には、紅い花がいくつも散っている。

ライオネルの手技と舌技で性感帯を虐め抜かれて、何度も高みに上らされた体は情けなく震えていた。

「生まれたての子鹿みたいに震えているね、かわいい……。そんなに気持ちいいなら、もう一回してあげる」

「あ、あ……も……たてな……」

がくがくと震える脚の間に、再び手を差し込まれる。ライオネルはすでにどろどろに蕩けた秘裂に指を突き入れ、そのまま激しく動かした。

クララの悦《よ》いポイントを発掘されて、そこを重点的に刺激される。掻きえぐられる粘着質な水音が、薄暗い部屋に響く。クララは翻弄《ほんろう》されるがまま、絶頂に押し上げられた。

「やっ！　あっ、あぁ……！」

また、くる。

耐えられないほどの、気持ち良すぎる衝動が襲ってくる。その大波に呑み込まれ、クララの背がのけ反った。無意識にライオネルに突き出す形となった胸の先端を、ぱくりと食べられる。

同時に異なる性感帯を攻められては、快感を逃がすこともできない。

「――っひゃあああっ！」

雷のような快楽に呑み込まれて、蜜園からどっと愛液が溢れた。生温い液体が内ももを伝って垂れていく。

「すごいびしょびしょ……。いろんな人から女性の悦《よろこ》ばせ方を学んだ甲斐があったな」

「ひ……あ、あ……ぁ……」

「純潔をもらったときは痛い思いをさせてしまったからね。すごく後悔したんだ。痛いから俺とはシたくないと思われたかも、って。でも、今後は気持ちいいことだけしてあげるから、安心して感じて？」

床に倒れ込みたいのに、吊るされていて叶わない。

このままでは本当に壊れてしまう。得も言われぬ恐怖に襲われたクララは、なんとか説得しようと荒い息を吐いた。

「でんか、はずして……おねがい」

「だめだよ。もっと俺の気持ちをわからせるんだから。こんなにとろとろなら、きっと痛くないから安心して俺を受け入れて」

「あ……!?　でんか、いまはだめっ！　本当にだめ……！」

右足を持ち上げられ、秘所を眼前に晒《さら》される。愛液まみれになった下肢がひんやりとして、自分の痴態を思い知った。

蕩けきった蜜穴に、たぎった屹立が押し当てられる。

先ほどから何度も達した体は痙攣《けいれん》しっぱなしで、なかなかおさまってくれない。

クララはいやいやと首を振った。

「だめです、でんかっ！　鞭打ちでもなんでも受けますから、それだけはやめて……！」

もしまたライオネルの子を身ごもってしまったら、婚約破棄ができなくなる。そうすれば確実にクララはユリビスと引き離されてしまう。それだけはどうしても避けなければならない。

「あぁ、クララはまだ理解できていないみたいだね」

欲情にまみれた艶《つや》やかな瞳が、ゆっくりと弧を描く。

「クララ大好きだよ。神殿で懸命に聖女としての務めを全《まっと》うする君を、何度攫《さら》ってしまいたいと思ったことか……もう二度と離さない。絶対に離さないよ」

「でん、か、まっ」

「クララ愛してる」

「やっ――――！」

凶暴な雄が容赦なく淫路を拓《ひら》いていく。蕩けた蜜洞は奥まで屹立を受け入れた。

破裂しそうな快感に、クララは体をしならせて打ち震える。

「あぁ、あたたかい。ずっとこうして繋《つな》がりたかったよ。すごく幸せ……」

「……ッ、……ッ、ッ」

「挿《い》れただけで達しちゃった？　びくびくしてかわいい」

左足だけで全身を支えられずによろめく体を、ライオネルががっしりと掴む。

「声、抑えなくていいんだよ？　婚約者同士の逢瀬を邪魔する無粋な者は誰もいない。だから、可愛い声たくさん聞かせて？」

ふらりと意識が揺れる中、クララは必死にライオネルに縋《すが》りついた。

「やっ、ぬ、ぬい、て……」

「嫌だよ。クララが俺の気持ちを疑わなくなるまで、絶対にやめないから」

そう言って、ライオネルはゆっくりと抜き差しを始めた。

「俺のがどうなってるか、わかる？　君に興奮して、欲情してる」

「あ、ぁ……あ……わか、る……っ」

蜜壁に雄を擦《こす》り付けられて、絡みつくように中がうねる。その大きさや硬さまでもが鮮明に脳裏に焼きつくほどだ。

「クララの中、すごい……俺のを咥え込んで吸いついてる。気持ちいいよ」

「あっ、あぁ……」

ぐぐ、と最奥まで剛直を突き上げられて、カクカクと腰が震える。

「今、誰に愛されているか、わかるよね？」

「でんかっ……らいおねるさまっ」

「そうだよ」

はくはくと息を吸って呼吸を整えようと努めていると、唇を奪われた。自然と舌を出して濃厚に絡ませ合う。淫靡《いんび》に粘膜同士を擦《す》り合わせていると、まるで一つに繋《つな》がったような気がした。

「俺のクララ。大好き。絶対に離さない……！」

「ああぁっ！」

再び最奥まで腰を穿《うが》たれて、嬌声が弾ける。

「ねぇ」

「あああっ！」

「わかっ――た？」

「あああっ！」

何度もぐちゅんと子宮口に熱杭を叩きつけられて、目の前が真っ白になる。お腹の奥がジンジンとして、甘美な痺れに酔いしれた。

「伝わった？　俺がただ純粋にクララを愛してるってこと――」

クララを切望するライオネルの執着愛が、まるで毒のように体を支配していく。

苦しいのに気持ち良くて、涙が出るのに幸せで――いろんな感情が綯《な》い交ぜになって訳がわからなくなる。執拗に膣内を掻き回され続けているので、ライオネルの言葉を聞く余裕すらない。

そのせいか、クララが蓋をしていたライオネルへの愛おしさが溢れてきて、心も頭も埋め尽くされる。

(――きもちいい。しあわせ。だいすき)

「ぁあ……あ、あ……ら……らい、らいさま……っ」

「えっ……」

浮ついた声で呟《つぶや》くと、ライオネルの動きが止まった。

クララはなんとか声を振り絞る。

「らい……らい、さま。らいさま」

「クララ……」

潤んだ視界の中で、紫水晶の二つの光を見つめる。

ずっと夢にまで見ていた大好きな皇子様。自分には不相応だと、決して結ばれることはないのだからと、何度も封じ込めた恋情が溢れ出して止まらない。

ずっと大好きだった。ずっと会いたかった。

ライオネルに恋をしてからも、ユリビスを授かったとわかったあとも、彼のことを考えない日はなかった。愛しいライオネルそっくりな息子に面影を重ねて、何度抱きしめたことか――

「らいさま……ぎゅ、として。だきしめて」

「クララ！」

ライオネルはクララの両脚を抱え、体を密着させた。ライオネルと繋《つな》がったまま宙に浮かされ、さらに深いところに熱が食い込んでくる。

体の内側から引き絞られる甘い感覚に、無意識のうちに熱杭を締めつけていた。

「愛してる。ずっとクララだけ。俺が欲しいのもこんなに好きなのも、クララだけだから……っ」

「あぁあーっ！」

臀部をがっしりと掴まれ、激しく腰を穿《うが》たれる。ライオネルに全身を預けているクララは、快感を逃がすこともできずに真正面からそれを受け止めた。

敏感な蜜壁を抉《えぐ》られ、弱い奥を叩かれる。クララは何度目かもわからない絶頂へ達した。

「――――ッ！」

「はっ……――！」

ライオネルの恍惚とした声と同時に、腹の奥に熱い飛沫《しぶき》が吐き出される。

ビクンビクンと震えながら、ライオネルのすべてを呑み込んだ。熱が自分の中に溶け込んでいくのを感じる。

「はっ、はあっ、はあっ、はぁ」

繋《つな》がったまま、クララは必死に酸素を取り込んだ。快感が過ぎて、途中から上手く呼吸ができていなかったのだ。

体が少し落ち着くと、静かに脚が下ろされた。繋《つな》がりが解けて、クララの中に出された白濁液が床に垂れ落ちる。

両手の拘束がなくなり、バランスが崩れたクララはそのまま倒れ込みそうになったが、ライオネルが支えてくれた。ベッドに仰向《あおむ》けに寝かされると、急に安心感が湧いて力が抜ける。

やはりこのふかふかのベッドは最高の寝心地だ。

「クララ、愛してる」

「んっ……」

甘ったるい声で愛を囁《ささや》かれ、仕掛けられる口づけを受け入れる。自《みずか》らも積極的に舌を出して絡め合い、ライオネルを味わった。

「伝わった？　俺の想い、理解した？」

「ん、うん……」

必死に頷く。もう、しんどいくらいに理解した。わからされた。

もうこんな酷い目にはあいたくない。

「良かった……。じゃあ、また挿《い》れるよ」

「……えっ？　らいさま、あぁ……っ！」

「今度は優しくするし、ゆっくりするから」

一度発散したとは思えないほどたぎった屹立が、再びクララの内側に入ってくる。

先ほどのように感情をぶつける激しい抽送ではない、浅く擦《す》り合わせるような緩慢な動きに、ぞくぞくと甘い痺れが駆け抜けていく。

「らいさまぁ、も……もうわかったからっ」

「六年もクララに会えなかったんだ、全然足りないよ」

「あっ、そんなぁ……っ」

「俺が何度脳内でクララを抱いたか、どれだけ君を想いながら自分を慰めたか、きちんと伝えないとね」

「あん……っ」

ライオネルの熱さと硬さと大きさが、脳と体に刷り込まれていく。

「クララの中、狭くてあったかくて気持ちいい。雪みたいに真っ白な肌も、こうやってたくさん触りたかった」

「あっ、あぁっ、んんっ」

筋張った手が頬を撫で、首筋をつたい柔らかな乳房を揉みあげる。大きな手に収まるほどの柔肉が、淫《みだ》らに形を変えて揺らされる。

「ここ、綺麗だよね。美味《おい》しそうで、いじめたくなる色」

「ひゃあんっ！」

胸の突起を指先で押し潰され、ぐりぐりと捏ね回される。それだけで感じてしまった体が、勝手に腰を揺らしてしまう。

「やばい……興奮しすぎておさまらないかも」

「ら、らい、さま……」

耳に熱い吐息を吹きかけられ、そのまま耳腔までしゃぶられる。脳を愛撫されているような錯覚になって、また淫靡《いんび》な痺れが全身を巡っていく。

もうライオネルしか見えない、感じない。

――囚われていく。

入ったら一生抜け出せない沼に溺れていくのを自覚した。

「あ……らい……らいさまぁ、あっ……！」

何かに縋《すが》りたくて、クララは目の前の逞《たくま》しい体躯《たいく》に手足を巻きつける。密着すると、浅いところを出入りしていた屹立がずず、と深い場所に入ってきた。

(やっ、これだめ……奥、気持ち良すぎて……っ！)

ゆるゆるとした刺激がもどかしくなって、自《みずか》ら腰を押しつける。ライオネルのすべてを呑み込むと、前後に揺らして奥を刺激した。

「腰動かして……気持ちいいんだ？　そんなかわいいことしたら、また襲っちゃうよ」

「あ……やぁ……」

「もしかして襲われたくてしてる？　清純な聖女なのに意外とえっちなんだね」

自分の劣情を指摘されたように思えて、涙が込み上げてくる。こんなことをしてはいけないのに、体が勝手にライオネルを欲しがって貪《むさぼ》ろうとしてしまう。

いつの間に自分は、こんなにも欲に浅ましい女になってしまったのだろう。

「かわいい……本当にすべてが俺の好みだよ。聖女なんて関係ない。クララだから、こんなに好きなんだ」

「あ……んんっ」

「クララの望む通り、満足するまで襲ってあげるよ」

そう呟《つぶや》いたライオネルは密着させていた体を離し、華奢《きゃしゃ》な脚を広げてシーツに押しつけた。ひっくり返った蛙のような破廉恥な体勢に、羞恥《しゅうち》で体が熱くなる。

「らいさま、やめ……！」

「ほらクララも見えるでしょ？　俺と繋《つな》がってるところ、ちゃんと見ていて」

「いやぁっ！」

愛液と白濁が混じった泥濘《ぬかるみ》から膨張した屹立が引き出され、再び沈んで肌が合わさる。

目を塞ぎたくなるような卑猥な光景に、ほろほろと涙がこぼれ落ちた。

「奥に入ったよ。してほしかったんでしょ。ねぇ、クララ？」

「あんっ、あぁっ、あっ、あん」

「ほら、いやらしく啼《な》いてないで、言って？　クララ」

突き上げられながらの問いかけに、クララは水色の瞳を涙でいっぱいにして弱々しく首を振る。もう訳がわからなくて、何も考えられなくて。何を言えばいいのか、どうしたらこの甘い拷問が終わるのか。

「ねぇ、煽《あお》ってる？　そんなかわいい顔して、俺を興奮させるだけだよ」

「ら……さま、らいさまぁ、も、ゆるして」

「ゆるす？　何を許してほしいの？」

「おかし……くなる、からぁっ」

「俺と愛し合うのが気持ち良くておかしくなるの？」

「うん、うん……っ」

目を瞑《つぶ》り何度も首肯する。さっきから悦すぎて体がバラバラに崩れてしまいそうで、自分が自分でなくなるのが怖くてたまらない。

「俺のそばから離れない？」

「ん、うんっ」

「俺と結婚してくれる？」

「うん、んっ」

「クララのすべて、俺にくれる？」

「ん、ぅんっ、あげるっ、あげるからぁ……あああっ！」

容赦なく最奥を突き上げられて、ビリビリとした強大な快楽に呑み込まれる。

気持ち良すぎて勝手に跳ねて震える体に、さらに熱杭を穿《うが》たれる。

「あぁあ、お、かし、く……ああ――っ！」

「くっ……！　はぁっ、クララ……！」

ライオネルが一際深く腰を突き入れ、膣奥に白濁が流し込まれていく。脈動する雄を、まざまざと中で感じる。

クララが快楽に身悶えていると、額《ひたい》から汗を滴《したた》らせたライオネルが熟れた唇を捕食した。

「んぅ、う……ん、んう……」

ねっとりとした甘い口づけに酔いしれる。

それから何度も体を重ね、息ができないくらいに重たい愛を注ぎ込まれて、長い長い夜が過ぎていった。

◆　◆　◆

ライオネルは涙の痕跡が残る頬を、手巾でそっと拭《ぬぐ》った。疲れきって気絶するように眠りについたクララの寝顔をじっと見つめる。

手荒くクララを抱いてしまったことに、後悔はなかった。

（本当は、こんな風に気持ちを伝えるつもりじゃなかったんだけど……）

まさかクララに婚約を破棄したいと言われるとは想定していなかった。少なからず嫌われていない自信はあったし、これから時間をかけてゆっくりと心を通わせていけばいいと思っていたから。

クララはライオネルの好意が慈愛の聖女に向けられたものだと思っていたようだが、聖女だろうとなかろうと、そんなことは関係ない。

クララを手に入れたい。

独り占めしたい。

身も心も立場も、すべて自分のものにしたい。

空色の瞳に映るのも、天使のような微笑みを向けられるのも、自分だけでありたい。

身を粉《こ》にして、弱者へ手を差し伸べる光り輝く聖女。その純粋で清らかな心を、自分で埋め尽くしたい。

クララへの独占欲に似た激しい恋情を、ライオネルは再認識した。


ライオネルはクララを税の横領を理由に皇宮に呼び寄せる前から、彼女を手に入れる方法を模索していた。

必死に神殿の内部情報を収集し、どうやったら皇子と聖女が婚姻できるのか、その抜け道を探る。

大神官しか入れない書庫にも不法に侵入し、書類を読み漁《あさ》ったが、大した情報はなかった。

皇族と聖女が結ばれたケースは今までにない。現時点で、正攻法でクララを捕まえる方法はなさそうだった。

「いっそのこと神殿を破壊してしまえば……」

そんなことを兄レオカールの前で呟《つぶや》くと、「馬鹿か！」と後頭部を殴られた。

「ライがその聖女に想いを寄せるのは勝手だが、罪のない一般人を巻き込むな。それに神殿を敵に回してみろ、聖女を讃える帝国民が黙っているはずがない。一瞬で皇宮は火の海だ」

「あんな腐りきった神殿こそ、灰となるべきなのに……」

「ライ。頼むから、皇子に相応《ふさわ》しい言動をしてくれよ……？」

レオカールは額《ひたい》を押さえながら、「少し前までは優秀で頼り甲斐がある弟だったのに、いつの間に頭のネジが取れてしまったんだか……」とぼやく。

「兄上なら、どうやって聖女を手に入れますか？」

「まぁ……一番手っ取り早いのは、聖女の資格を剥奪して、神殿の支配下から解放する方法かな」

「しかし、彼女は貴族の出身ではありません。平民であるクララと俺の婚姻を、父上は認めてくださるでしょうか」

「それは……反対するだろうな。父上だけでなく、大臣らも納得はしないはずだ。その聖女をどこかの貴族に養女として迎え入れてもらうか……」

「やはり、そうなりますよね」

皇子との婚姻となると、貴族の階級社会に大きく影響する。クララを自《みずか》らの家門に招き入れようと、熾烈な争いになるだろう。そうなると、当然クララの身にも危険が及ぶことになる。

(どうしたものか……)

ライオネルは大量の書物を調べながら、何か他に良い案はないかと思考を巡らす毎日を送った。

そんな悶々とした日々が続いていたが、幼少期から親交のあるホーギア魔術大国の王太子ミドルからもたらされた情報に、ライオネルは光を見出した。

『なぁ、ライは知ってるか？　伝説の聖女って』

「伝説の聖女……大聖女のことか？」

通信魔法道具を使った、いつものたわいのないやり取り。その中にライオネルが喉から手が出るほど欲していた情報があった。

『違う違う。大聖女みたいに、年齢を重ねても神聖力を維持できたとかそんなことではなくて。他にない強い神聖力を持つ、稀有《けう》な聖女のことだよ。聖女を崇めるワグ国では、この聖女の誕生を祈るためのお祭りまであるとかないとか……』

「あるのかないのかどっちだよ。しかし、特別な神聖力か……百人いっぺんに治癒できるとか？」

『いや、その特別な神聖力を使うと、人々を癒す代わりに聖女自身が苦しむことになるらしい。まさに美しい慈愛の精神に満ちた聖女さ』

「ミドル、その聖女についてもっと詳しく教えてくれ……！」

すぐにミドルに問い詰めるが、詳しい内容まではワグ国の者でないとわからないと言われてしまった。

もしクララが、ワグ国が長年心待ちにしていた伝説の聖女ならば？

長年頭を抱えていたワグ国との和睦も、きっと上手くいくだろう。それに和平条約締結の褒賞として、聖女クララとの婚姻を神殿に認めさせ、さらに皇族全員を頷かせてクララを伴侶にできる……！

このとき、ライオネルは初めて女神が本当に存在するかもしれないと、くだらないことを思った。

そうして神殿側に怪しまれないよう、水面下で情報を集め準備を進める。その最中《さなか》、ルジューア神殿長とクララに税を横領した詐欺の容疑がかけられた。

クララがそんなことをするはずがないことは、ライオネルは実際に見て知っている。明らかにクララを陥《おとし》れるための陰謀だ。

――いや、むしろ都合がいい。

クララが罪人となれば、神殿はクララを除名して聖女の称号を剥奪するだろう。そうなれば、クララを手にするのはより容易になる。

もちろんクララを罪人にするつもりは毛頭ない。神殿がクララを除名処分にしたあと、ルジューア神殿長の今までの悪行をつまびらかにすればいい。

「クララ……ようやく本当の姿で会えるね」

きっと驚いて慌てふためくであろう、クララの愛らしい姿を思い浮かべて、ライオネルは幸せな気分に浸った。

しかし予想に反して、クララは聖女のままであり続けることを強く望んでいた。そこでライオネルはもう一つの道筋から、クララを手に入れることにした。

信頼を置くゾアードをワグ国に潜入させ、伝説の聖女について調べさせる。

ワグ国は異国人を受けつけない閉鎖的な国だ。ワグ国に身分を偽り傭兵として潜入したゾアードは、優れた武術と優秀な頭脳によって、二年という短期間で王女付きの騎士に成り上がった。そしてクララが『慈愛の聖女』だということを探り当てたのだ。

すぐにライオネルはそのことを神殿側に伝えた。九つの神殿を取りまとめる最高責任者の大神官は審議の末、それを事実だと認めた。

さらにライオネルは自《みずか》ら和睦の使者として、ワグ国に乗り込んだ。聖女を多く輩出するワグ国と和平条約を締結し、ビアト帝国の神殿に大きな進化をもたらした。聖物の生成、神聖力の管理など、発展が遅れていた神殿に新たな風を吹き込んだのだ。

その功績を認めないわけにはいかず、大神官は慈愛の聖女クララとライオネルの婚約を承諾した。

今まで慈愛の聖女に不当な扱いをし、神聖力の本質を見抜けなかったルジューア神殿長は除名処分となり、神殿から追放された。クララが税を横領したという罪も含めてだ。

長年クララの給金でなんとか財政を賄《まかな》っていたレバロ伯爵家は、当然事業が立ち行かなくなった。まもなく家は取り潰しとなるだろう。

（当然の報いだ。俺のクララを蔑《さげす》む奴は、絶対に許さない）

こうしてライオネルは、皇子としての権限も最大限に利用して、北部の神殿に勤めていた多くの人間に処罰を与えるよう仕向けた。

クララをこの手にする日を心待ちにしながら――

四章　最愛の人の大切なもの

ライオネルとの激しい一夜が明けた。

クララが目を覚ますと、隣には麗《うるわ》しいライオネルの寝顔がある。

不調もなくピンピンしている自分の体を呪いながら、クララは彼を起こさないようにゆっくりと上体を起こした。

散々ライオネルに愛を刻み込まれて、教え込まれて、彼を疑う気持ちは微塵も残っていない。

——あんなに私自身を愛してくれているなんて、予想外だったわ……

ライオネルの異様なまでの執着心は、紛れもなくクララが育てたものだった。皇宮から逃げ出して婚約を拒否して……さらに歪んだ恋心を捩《ねじ》れさせてしまったのだ。

(自業自得といえば、そうなのかしら？　……いえ、皇子様が孤児院出身の聖女に想いを寄せるなんて、考えられないのが普通よ。私は悪くないと思うのっ)

誰であっても、同じ状況であればみんな逃げ出していただろう。

(そもそも、どうして殿下は私のことを好きになってくださったのかしら)

ライオネルは神殿でのクララの様子を何回か口にしていたけれど、神殿で謁見したことも見かけたこともないはず。それ以前に、皇族が神殿に自由に出入りしたりはできないはずだ。

（真実を知りたいような、知りたくないような……）

クララに心酔したきっかけは気になるが、世の中知らないほうが幸せなこともある。深追いすればいいというわけではない。

それより大事なのは、過去のことを色々と考えるよりも、今どうするかだ。

クララは、目を閉じていても整っている顔をまじまじと覗き込む。寝顔までユリビスとよく似ていて、微笑ましい気持ちになった。

（ユリビスのこと、殿下にきちんとお伝えしよう）

クララは決意した。ライオネルのクララに対する想いを重々理解したし、ちょっと……いやだいぶ愛は重たいけれど、そこに偽りはない。彼ならきっと、ユリビスを悪いようにしないだろう。クララの願望でもあるけれど、ライオネルはユリビスのことを愛してくれるはずだから。

多少の障壁や困難も、ライオネルと一緒なら乗り越えられる気がした。

真実を伝える覚悟を決めると、あんなに悩み、迷い、嘘に嘘を重ねた苦悩から解き放たれて晴れやかな気持ちになる。

心に健康が戻ると、急に胃が空腹を訴えてきた。喉もカラカラだ。

クララは部屋をぐるりと見渡し、ローテーブルに置かれた水差しを見つける。

隣で眠っているライオネルを起こさないように、そっとベッドから下りようとした。

「ひゃあっ！」

「どこへ行くの？」

その瞬間、逞《たくま》しい腕に囚われる。ズルズルと引き寄せられて、あっという間にライオネルに抱きしめられてしまった。

「水が、飲みたくて……」

「逃げようとしたんじゃなくて？」

「もう逃げませんっ！」

「んー、本当かなぁ」

後ろから首筋に顔を埋《うず》められて、一気に体に火が灯る。バターブロンドが頬に当たってくすぐったい。

「昨日俺が伝えたこと、言ってみて？　ちゃんとクララの心に刻まれたか、確認させてほしい」

「えっと、あの……」

「ほら、俺はクララのこと、どう思ってるんだっけ？」

ちゅっちゅっ、とうなじにキスされて、答えを催促される。ライオネルの熱い唇が肌に触れてぞくぞくしてきた。

「んっ……殿下は、私、を……えっと……」

いざ言葉にしようとすると、無性に羞恥心《しゅうちしん》が込み上げてきた。自意識過剰かもしれないと思い、言い淀んでしまう。

「クララを？」

「わたし、を……」

「あれ、寝たら忘れちゃった？　もう一度わからせる必要があるかなぁ……」

掛布越しに太ももを撫でられて、クララの体が大きく跳ねた。

もうあんな激しい行為は懲《こ》り懲《ご》りだ。

「殿下は、私を！　好いてくださっています！」

慌てて大声で告げると、ライオネルはくつくつと笑った。……言わされただけなのに、顔から火が出そうだ。

「正解。俺はクララを、クララだけを愛してるよ」

脳に直接注ぎ込むように耳元で囁《ささや》かれて、下腹部が甘く疼いた。

最愛の人に愛していると言われて、ときめかないわけがない。いっそのこと、息ができないほどライオネルに溺れたいとすら思ってしまう。

「ねぇクララ、もう一度――」

ライオネルが言いかけたとき、扉を叩く音が聞こえた。「チッ」と舌打ちしたライオネルは、不機嫌さを隠すことなく扉の向こうへ声をかける。

「ゾア。あと一時間延ばせ」

「すでに時間を過ぎております。レオカール皇太子殿下もいらしてますから、時間変更は厳しいかと」

「はぁ……仕方ない」

名残惜しそうにクララの頬にキスをして、ライオネルはガウンを纏《まと》った。そして「またすぐ来るから」と一声かけて、退室していく。

誰もいなくなった部屋で、クララは突っ伏して枕に顔を埋《うず》めた。

(ひゃあぁぁっ)

あのままライオネルに求められていたら、きっと拒否できなかっただろう。

「ライ様……すき……」

声に出して言うだけで気持ちが昂《たかぶ》っていく。クララは一人、ベッドでバタバタと悶えた。

(あ、そういえば……ユリビスのこと、殿下に伝えそびれてしまったわ)

すっかりライオネルのペースに巻き込まれてしまい、伝える機会がなかった。

ユリビスのことを話すなら、早いほうが良い。

クララは執務室に向かったライオネルを追いかけることにした。忙しそうだから今すぐは無理だろうが、どこかで数分なら時間を作ってくれるかもしれない。

いつもお世話になっている女官を呼び、軽く食事をしてから身支度を整える。

「クララ様、本日のお召しものはいかがなさいますか？」

「殿下に会いに行きたいので、失礼のないものを選んでもらえますか？」

「かしこまりました」

顔に白粉を叩かれ、紅をのせられる。鮮やかな青髪は、そのまま下ろして髪飾りをつけた。

最後に、女官が用意してくれた、動きやすさと気品を兼ね備えたデイドレスを身に纏《まと》う。

(なんて言えばいいのかしら。ユリビスは殿下と私の子なんです……って？　信じてもらえるかし

ら。薬の効果は、確かあと三日……それまでには絶対に言わなくちゃ）

ぐるぐると考えていると、続き扉が開く。ひょこ、と金色の髪が覗いた。

「お母さん、どこか行くの？」

「殿下のところへ行くのよ。ユリビスも一緒に行く？」

「いいのっ⁉」

ユリビスを連れていき、ライオネルに顔立ちがそっくりなところを見せれば、瞳の色が薬で変わっていても信じてくれるかもしれない。

クララとユリビスは揃ってライオネルの執務室へ向かった。

居住区から皇宮の中心部へ移動すると、大臣や役人など皇宮勤めの人たちが忙しなく歩き回っている。

美しい庭園の横を通り過ぎようとしたところで、ユリビスが走り出した。

「わあぁー！　すごく広いね！」

クララが慣れないヒールで小走りに駆け寄ると、ユリビスは葉っぱの上に乗った小さな虫を観察していた。

「ほら、寄り道しないで行くわよ」

「うーん、もうちょっとだけ待っててー」

「もう……」

こうなったらユリビスは、なかなかこの場から離れてくれないだろう。クララは仕方なく近くにあったベンチに座り、ユリビスが満足するまで見守ることにした。

（殿下はユリビスが自分の子だと知ったら、どういう反応をするかしら……。隠していたことを怒る？　それとも喜んでくれる？　いや、まずは本当かどうかを確認されるかも……）

ぼんやり考え事をしていると、いつの間にかユリビスの姿を見失ってしまった。

「あれ、ユリビスー？」

庭園の入り口で護衛騎士を待たせて、ユリビスを捜す。

「ユリビス？　どこにいるのー？」

「ここだよ！」

夢中になると周りが見えなくなるところは、困ったものだ。クララが声のするほうへ行くと、ユリビスは指に大きな緑色の虫を乗せていた。

「また虫を見つけたのね。すごく大きな虫！」

「腕が剣みたいになっていて、かっこいいんだ！　なんていう虫かなぁ……」

「うーん、お母さんもわからないわ。あとで図鑑で調べてみましょう」

「うん！」

ユリビスは元気良く答えると、そっと土の上に虫を放した。

「さぁ、そろそろ殿下のところへ行きましょう」

「はーい」

クララはユリビスの手を引いて、護衛の待つ入り口へ歩き出した。

すると突然、大柄な男たちが行く手を阻《はば》んだ。その薄汚れた服装から、皇宮勤めの者でないことは明らかだ。

「青色の髪に水色の瞳……コイツで間違いない」

「子どもはどうする？」

「念のため連れていこう。追加報酬がもらえるかもしれないからな」

会話から察するに、クララを攫《さら》おうとしていたが、咄嗟《とっさ》にユリビスを庇おうとしたが、喉元にナイフを突き付けられ、その場から動けなくなる。

「お、おか……さん……っ」

恐怖に縮み上がるユリビスの声に、なんとしても息子だけは守らないとと自身を奮い立たせる。

クララは武器を向けられたまま、毅然と男たちを睨んだ。

「子どもは関係ないわ。私に用があるなら私だけに――」

「黙れ」

言い終わらないうちにクララとユリビスはそれぞれ麻袋のようなものを被せられ、男たちに担がれる。

「いやっ！　誰か！」

「大人しくしろ。子どもを殺されたくなければな」

ユリビスを人質にとられれば、何もできない。

「わあぁーっ」と泣き叫ぶユリビスの声と、「静かにしないと舌を切るぞ」と脅す男の声が聞こえて、クララは震え上がった。

肩に担がれたまま運ばれているようで、体が大きく揺さぶられる。

（どうしよう、このまま皇宮の外へ連れていかれたら……せめてユリビスだけでも助けないと！）

しばらくすると、ガラガラと大きな金属の塊を引きずる音が聞こえた。おそらく皇宮の外へ出る門扉《もんぴ》だ。

そのとき、突然クララの腕環がパチンと音を立てた。皇宮の門をくぐろうとした途端、腕環をつけている左手が見えない力に引き戻される。それによってクララを担いでいた男は体勢を崩し、その場に倒れ込んだ。

「わっ！　なんだ⁉」

「チッ、魔法道具だ。クソ！」

「仕方ない、チビだけでも連れていくぞ！」

どさりと地面に捨て置かれたクララは、なんとか麻袋から抜け出す。

「ユリビス……！」

周囲を見渡したときには、すでに男たちもユリビスの姿もなかった。地獄へ突き落とされたかのような絶望に包まれる。

追いかけようとするも、クララの腕環が皇宮の外へ出してくれない。

なりふり構っている場合ではなかった。クララは神聖力のすべてを腕環にぶつけた。

「早く行かないと、ユリビスが！」

神聖なる銀色の光が瞬《またた》く。腕環はパキッと音を立ててヒビが入ったものの、壊れない。

どうやら、金色の魔石が神聖力による衝撃を吸収しているようだ。相当強度の高い魔法道具だ。

「早く、はやくっ」

クララはもう一度すべての神聖力を腕環に当てる。しかし、ヒビが増えただけで壊れはしない。

ついには大量の神聖力を放出した代償で、体温が急上昇し始めた。けれど、諦めるわけにはいかない。

――ユリビスは何があっても私が守ると決めたんだから！

再度神聖力をぶつけようとしたとき、「聖女様！」と呼ぶ声が聞こえた。

ゾアードと数人の騎士が駆けつけてきたのだ。

「ゾアード様、ユリビスが！　連れていかれて……！」

「我々で追いかけます！　聖女様は安全な場所に避難を！」

「いやっ、私も行きます！」

ゾアードの腕にしがみつく。じっと待っているだけなんてできない。

「いけません。あなたは殿下の婚約者様です。それにこんな高熱では動くこともままならないでしょう」

「だけど……！　一秒でも早くユリビスを……っ！」

「我々で、精一杯手を尽くしますから」

「皇宮の近衛騎士団を動員してはくれないのでしょうか⁉」

近衛騎士団はビアト帝国内で強い権限を持つ。緊急時は道路や関所を封鎖することができるなど、騎士に比べて捜索権限が桁違いに強いのだ。

「……申し訳ありません、聖女様。ユリビス君は出自不明の子です。そのために皇宮の騎士団を派遣することは難しいでしょう。どうかご理解を……！」

ゾアードの言葉に目の前が真っ暗になる。全身が凍てつくような恐怖に襲われた。

耐えきれなくなって涙が溢れる。

唯一の家族。自分の命よりも大切な愛しい子――

「違うの！」

気がつけば、クララは声を張り上げていた。

もう、ユリビスの出自を隠している余裕は一切なかった。命は失ったら二度と戻らない。手遅れになる前に早く助けないと……！

「ユリビスは私の子なの！　私のお腹から産まれた、正真正銘私の息子なの！　お願い、ゾアード様。ユリビスを失ったら、わたし、わたし……！」

ユリビスがクララの子だと話せば、きっと捜索規模は大きくなるはずだ。クララは必死にゾアードに縋《すが》った。

「――……クララ？　今の言葉は本当に？」

聞き慣れた低い声が耳に届き、クララは息を呑んだ。

慌てて駆けつけてきてくれたのだろう、いつの間にかライオネルがすぐそばに立っている。

目を大きく見開いたライオネルは、真偽を問うようにクララを見つめた。

「殿下……」

ライオネルに知られてしまった。こんな形で伝えることになってしまうなんて……

クララは高熱でフラフラになりながらも、はっきりと頷いた。ユリビスが誘拐された今、隠している場合ではない。

「ユリビスは私の子です。何よりも大切な私の息子です」

気高く美しい瞳を見据えて、クララは力強く答えた。

一瞬、ライオネルがギリッと歯を噛み締める音が聞こえた。

「ゾア。第二皇子専属の騎士を総動員しろ。すぐに俺も出る。クララの子を蔑《ないがし》ろにするわけにはいかない」

「はっ」

「クララは皇宮で待っていて。必ずユリビスを連れて帰ってくるから」

「殿下……！」

ライオネルに左手を取られる。心なしか、大きな手が震えているように感じた。

ライオネルが自身の左手首についている腕環の金色の石をクララの腕環の石に当てると、魔法道具が解除された。手首にぴったりと嵌《は》まっていた腕環が大きな輪に変わり、腕から抜ける。

「これはクララに預けておくよ。逃げないで……ここで待っていて。約束してくれる？」

「はい。お約束します」

「……信じてるよ」

皇宮内でずっとつけていた魔法道具を初めて解除され、託される。ライオネルの言動に驚かされたけれど、それはクララを信頼している証拠だ。

ライオネルは最後にクララの額《ひたい》に唇を押しつけると、踵《きびす》を返して行ってしまった。

「ライ様、ユリビスを助けて——！」

遠ざかっていく背中に叫ぶと、ライオネルは振り向くことなくゆっくりと手を上げた。

ライオネルならクララの宝物を救ってくれる。クララも彼のことを信じている。

「ユリビス……っ、ユリビス……！」

彼の背中を見送ったあと、クララはその場に泣き崩れた。

守れなかった。何もできなかった。無力な自分に腹が立って仕方がない。

限界まで神聖力を使って高熱が出ているクララは、そのまま意識を失ってしまった。

＊＊＊

ユリビスがいなくなって、二日が経過した。

ライオネルをはじめ、第二皇子の指揮下にある騎士たちが懸命に捜索してくれている。しかしユリビスの消息は未だに掴めないままだ。ライオネルは現場で指揮を執っており、皇宮に戻ってきていない。

土地勘もなく、足手纏《まと》いにしかならないクララは、一日のほとんどを皇宮にある神聖宮で過ごし、女神に祈りを捧げていた。

（女神様、どうかユリビスを……私のすべてを差し出すので、ユリビスを助けて……！）

命懸けで産んだ、かけがえのない我が子。

家族を知らないクララの唯一血を分けた家族。

失いたくない。抱きしめたい。またあの屈託のない笑顔が見たい――

強大な神聖力を持つ慈愛の聖女なのに、なんにも役に立たないことが悔しくてたまらない。

一刻も早くユリビスを助けたい思いから、クララは皇宮内で情報を集めていたゾアードに何度も捜査網を広げるよう掛け合った。しかし頑なに断られてしまった。

この状況において、クララの子であることを公《おおやけ》にすることができなかったからだ。その理由はゾアードいわく、三つあった。

一つ目は、聖女の子が誘拐されたとなれば、皇宮の警備を担当する近衛騎士団の権威に傷がつくということ。ビアト帝国の軍事力を象徴する近衛騎士団が子ども一人を守れなかったと知れ渡れば、帝国民からの信用を一気に失ってしまう。

二つ目は、慈愛の聖女を崇めるワグ国との関係性が悪化しないかを懸念しているから。

そして三つ目は、単純に今が適切なタイミングでないからだ。ユリビスの出自は秘匿情報であり、どの時期にどういった形で世に伝えるかで世論に大きく関わってくる。慈愛の聖女の子どもであるユリビスの存在は、国の中枢を揺るがすほど大きな意味を持っていた。

たとえ今クララが、ユリビスはライオネルの子だと主張したとしても、それは変わらない。結局近衛騎士団を動員することは叶わず、第二皇子の権限下でしか捜査網を広げられない。もちろん街道の封鎖をすることもできない。

ゾアードの言うことはもっともだ。捜索が難航してしまうのも致し方ないとわかっている。しかしクララは後悔の念に苛《さいな》まれた。

(早くに殿下の子だと打ち明けていたら……！)

前もって皇族だと認められていれば、警備を強化できたかもしれないのに。

しかし後悔しても遅い。どれだけ悔やんでも、時は巻き戻せないのだ。

——時間を、巻き戻す……？

(もしかして、慈愛の聖女なら時を戻すなんていう、女神のような力が使えたりする……？)

クララの体を巡る澄み渡った浄化の力。

もしかしたら他にも秘された力があるかもしれない。

「誰かっ！　ネネット様がどこにいらっしゃるか知りませんかっ⁉」

クララの必死な声が、清らかな神聖宮に響き渡った。

皇族居住区のすぐ近くにある来賓用の客室に、ネネットは滞在していた。いつも扉の前には護衛騎士が一人立っているのが、今は二人になっている。

クララが使用人らに事情を伝えると、すぐに面会の準備が整えられた。

「ネネット様、突然の訪問をお許しください」

「少しですが話は伺いました。どうぞこちらにおかけになって」

「はい……」

「こちらはワグ国で人気のハーブティーです。とても落ち着く香りですよ」

茶を勧められたが、クララは首を横に振って断る。今は何も喉を通る気がしない。

切羽詰まった雰囲気を察したネネットは、早急に使用人を下がらせ人払いした。

「クララ姉様の大切なお方が攫《さら》われたと伺いました。心中お察しします」

皇宮内での出来事は、すぐに噂が回る。隣国から来賓として滞在しているネネットの耳にも、すでにユリビス誘拐の件が伝わっているのだろう。

クララが藁《わら》にも縋《すが》る思いでここに来たのは、ネネットに慈愛の聖女の能力について訊《たず》ねるためだ。

聖女誕生の地と言われ、過去に慈愛の聖女を輩出したことのあるワグ国の者なら、クララの知らない力について何か知っているかもしれない。

「ネネット様、慈愛の聖女について教えてください！　人々を治癒するだけではなく、他に力はないのですか!?　例えば時を戻せるとか……」

「残念ながら、そのような話は聞いたことがありません。おそらくクララ姉様にもないでしょう」

「そんな……っ」

わずかな希望の光が打ち砕かれて、下唇を噛む。

「慈愛の聖女だなんて、こんな力なんの役にも立たないわ……っ」

「そんなことありません！　気をしっかり持ってください！」

ネネットが手を握り励ましてくれるが、自分の無力さが悔しくて情けなくて仕方ない。

「慈愛の聖女の神聖なるお力は、後世へ新たな力となって受け継がれます。ですので、決して役に立たないなんてことは――」

「受け継がれる……？　それはどういうことですか？」

「クララ姉様には先の話になると思いますが、慈愛の聖女が産んだ子には不思議な力が宿ると言われています。ワグ国に残っている記録によると、心の声を聞き分ける耳を持っていたり、未来を予見する目を持っていたり、相性を選別できる嗅覚を持っていたり――」

「目……！」

金色に輝く瞳を思い出して、ハッと立ち上がる。

――もしユリビスの目に女神の力が宿っていて、未来に起こることを予知していたら？

（ユリビスは何か言っていた？　何か、何か……思い出して。些細《ささい》なことでも何でもいいから、何か……！）

クララはガンガンと自分の頭に拳《こぶし》を叩きつける。

「クララ姉様！　ご乱心なさらないでっ！」とネネットの慌てふためく声が遠くで聞こえたが、それどころではない。

ふと、聖域を出たあとのユリビスとの会話を思い出した。

『僕、赤い屋根に黒い壁のお家には行きたくないなぁ……』

『赤い屋根に黒い壁のお家……？　お母さんもそんな悪趣味な家には住みたくないわね』

なんてことない、いつもの会話だった。

そのときは絵本で見た悪魔の家だろうと、深く考えなかったけれど――

「赤い屋根に黒い壁の家……！　ネネット様、本当にありがとうございますっ!!」

「はい……ええっ、クララ姉様!?」

居ても立っても居られなくて、クララはネネットの前から走り去る。

廊下を走るなんてマナー違反だけれど、なりふりかまっていられない。すれ違う貴族に嫌な顔を向けられてもすべて無視し、そのまま全速力で皇宮内を走り抜ける。

そして皇宮で情報収集にあたっていたゾアードのいる部屋に駆け込んだ。

「聖女様!?　どうされたのですか！」

「ゾア、ド、さ、見つ、わか……！」

「何を言ってるのかさっぱりわかりません。落ち着いて……」

ゾアードから水の入ったグラスを受け取り、クララは一気に飲み干した。はあっと大きく息を吸い込む。

「ユリビスは赤い屋根に黒い壁の家にいます！　ビアト帝国に、そのような家はありますか!?」

◆
◆
◆

「赤い屋根に黒い壁……外壁に塗装ができるなんて、ある程度財力がある家門の屋敷だ。ユリビスを攫《さら》って利を得ることを考えると……」

ゾアードからの伝達を受け取ったライオネルは、このユリビス誘拐にレバロ伯爵家が関与していると確信する。

クララを慈愛の聖女だと見抜けず、虐《しいた》げ続けたルジューア元神殿長は、除名処分を受けて神殿から追放されている。クララを逆恨みしている可能性が高い。

おそらく伯爵家の領地のどこか、もしくは屋敷内にユリビスを隠していると思われた。

(でも、どうして連れ去られた痕跡ではなく、屋敷の外観の情報が先に来るんだ……？　まぁ、それはあとで考えればいい。まずはユリビスを無事に保護しないと)

愛剣を腰に提げ、ライオネルは部下たちに号令をかける。そして愛馬に跨ると、先陣を切って駆け出した。

――ユリビスは私の子なの！　私のお腹から産まれた、正真正銘私の息子なの！

涙ながらにそう訴えたクララの表情が忘れられない。

皇子である自分よりも、ユリビスは大切な存在だと言っていた。クララの実の子であるのなら、彼女がそこまでしてユリビスを守ろうとした言動にも納得できる。

(クララの子ども……父親は……俺じゃない……)

ライオネルはギリギリと手綱を握りしめる。

皇族の血を引く子は、必ず紫色の瞳を持って生まれる。しかしユリビスの瞳の色は橙《だいだい》がかった茶色だ。

ユリビスの年齢から逆算して考えると、身ごもったとすればおそらくクララが聖域に入る少し前だ。皇宮から抜け出して数日間滞在したあの小さな町で、クララは別の男と……

そう考えるだけで、心臓を掻きむしりたい衝動に襲われる。

ライオネルの知らないところで、クララは別の男に恋をしたのだろうか。皇子という重責を伴うような相手ではなく、平凡な人と添い遂げたかったのだろうか。

――俺の想いは重荷でしかなかったのか……？

鋭利な刃物で心臓を抉《えぐ》られるような、強烈な痛みに襲われて左胸を押さえる。

（だめだ。今はユリビスを助けることだけに集中しろ）

気持ちを切り替えたライオネルは、隊を引き連れてレバロ伯爵邸に乗り込んだ。

屋敷の中は、使用人や護衛など数人しか残っていなかった。手をかけた趣味の悪い外観とは異なり、部屋の中は調度品などなくがらんとしている。神殿を追放されたレバロ伯爵家は没落したも同然だった。

「俺の婚約者の誘拐未遂、そして幼児誘拐の容疑で拘束する！」

ライオネルがそう告げると、レバロ家の人間はあっさり抵抗をやめ、降伏した。

「ルジューア様の指示で悪事を請け負う輩を雇い、聖女を誘拐しようとしました」

「ルジューアはどこにいる」

「おそらく、自室にいらっしゃるかと……」

使用人の自白をもとに、ライオネルは数人の部下を引き連れて奥に進む。

趣味の悪いやたらと豪奢《ごうしゃ》な扉を見つけると、足で扉を蹴破った。

「やあ、ルジューア。俺が来た理由はわかるな？」

ライオネルたちの突撃の騒ぎが聞こえていただろうに、ルジューアは執務椅子に座ったまま優雅に茶を飲んでいた。元々痩せ細っていた体型がさらにげっそりとした印象だ。

ライオネルは愛剣の柄を握りしめ、いつでも斬りかかれるような体勢を取る。

「ははは、ライオネル殿下もとうとう悪魔に騙されましたか。あの女は欠陥聖女。慈愛の聖女なわけないでしょう。発作ばかり起こす穢《けが》れた身なのですから。よくもまぁ、悪魔と婚約できますね、信じられない！」

ルジューアは最後までクララを蔑《さげす》み、罵《ののし》る。

頭がいかれた人間とはまともな話などできない。

「ルジューア。お前みたいなドブ鼠には、クララの清純さは理解できないだろうな。今までの悪行の数々を、これからたっぷり後悔するといい。楽に……死ねるといいな？」

目の前の男をズタズタに切り刻みたい衝動をなんとか抑え、ライオネルは無理やり口角を上げる。

「ヒィッ……もしかして車裂きの刑に……！」

ようやく罪の重さを理解したのか、ルジューアの顔面は死体のような色に変わった。

ルジューアはおそらく極刑になる。最も重い死刑である、車裂きの刑となるよう強く進言するつもりだ。ライオネルはルジューアを拘束し、皇宮の中でも劣悪な環境である地下牢へ入れるよう指示する。

「ユリビスは見つかったか？」

「殿下、どうやら本館ではないところに閉じ込められているようです」

「そうか、すぐに捜し出すぞ！」

庭園や馬舎など周辺をくまなく捜し、最後に古びた倉庫にやってきた。ライオネルは幾重《いくえ》にもかけられた鎖を剣で叩き斬る。

「ユリビス！」

勢いよく扉を開け、中に入る。

暗闇の中には怯《おび》えた様子の一切ないユリビスが、平然と座っていた。

「殿下、待ってたよ！」

さも来ることがわかっていたかのような態度に、ライオネルは呆気に取られる。

ユリビスはライオネルに駆け寄り、ぎゅうっと足にしがみついた。所々服や体に汚れはあったが、怪我をしている様子はない。

開かれた扉から差し込む光に照らされて、ユリビスの髪が金色に輝く。

「ユリビス……？」

自分の見間違えだろうか？

ユリビスの纏《まと》う色彩がいつもと違ったように見える。

「ねぇ、殿下。僕ここ嫌い。早く、お母さんのところへ帰ろうよ！」

暗闇に差し込む一筋の光に照らされて、宝玉のような丸い瞳が燦々《さんさん》と輝きを放つ。

ニカッと太陽のように笑うユリビスの瞳は、紫と金だった。

自分と同じ、紫水晶の色――

柄にもなく手が震え、ライオネルは思わず握っていた剣を地面へ落としてしまった。

そして、すぐに破顔した。

「はは、そうか。そういうことかぁ……なんだ……」

複雑なパズルのピースがカチッと合わさる、そんな感覚だった。

「うん、お母さん――クララもすごく心配してたよ。ユリビスの瞳は……本当は綺麗な金色と紫色をしていたんだな」

「えっ？　あぁっ！　元に戻っちゃったんだ……」

もう一度自分とお揃いの色を見つめていると、顔立ちも自分に似ていることに気づく。アーモンド型の目や黄味が強い金色の髪もそっくりだ。

瞳の色が違うだけで、ユリビスを他人の子だと信じきっていた自分は愚かだった。こんなにも、ユリビスは自分とそっくりなのに。

じわりと視界が潤む。無性に胸に愛おしさが込み上げてくる。

――本当に……ユリビスは、俺とクララの子どもなんだ。

ライオネルはそっと息子を抱き上げる。

「ほら、クララが待ちくたびれてるから行こう。俺も早くクララに会いたいよ」

「だめーっ、僕が最初にお母さんにぎゅうしてもらうんだからっ！」

「じゃあ、ユリビスごとクララを抱きしめようかな。それならいいでしょ？」

そう言って、ライオネルはまだ五歳の小さな体を抱きしめる。

——クララが腹を痛めて産み、大切に育てたユリビスという命。クララがすべてをかけて守ってきた尊《とうと》い命。その命の重さを噛み締める。

「ユリビス……無事で良かった」

思わず声が震えてしまった。けれど、男泣きなんてみっともない真似だけはしたくなくて、必死に涙を堪《こら》える。

「殿下……？　どこか痛いの？　大丈夫？」

ユリビスは不思議そうに首を傾げて、ライオネルの頭を撫でた。小さな手が、さわさわと髪を乱す。

「……ううん、ユリビスが無事でいてくれたことが、嬉しいんだ」

「僕、殿下が来てくれるって信じてたよ。助けてくれてありがとう！」

ユリビスは泣きもせず、明るい声で元気良く振る舞っていた。誘拐され、監禁されていたとは思えないほどだ。

「よく頑張ったな。えらいぞ」

「えへへ。殿下に褒められちゃった……」

とはいえ、さすがに不衛生な場所に二日も閉じ込められていたため、体はかなり疲弊しているようだ。

馬車まで移動する道中、ユリビスはライオネルの腕の中でうつらうつらとし始める。

「ゆっくり休んで。起きたらユリビスの好きな果実水を用意してあげるから、一緒に飲もう」

「うん、約束だよ……」

柔らかくて未熟な、今にも壊れてしまいそうな体を抱きしめ、ライオネルは皇宮まで大切に運んだ。

◆　◆　◆

「ユリビス――……っ！」

皇宮の正門の前で到着を待ち構えていたクララは、ライオネルがユリビスを抱えて馬車から降りてくるとすぐに駆け寄った。

「ユリビス、無事で良かったぁ……っ」

「ん……？　お母さん……？」

ユリビスが薄《うっす》らと目を開ける。その瞳は茶色ではなく、右目は帝国で最も高貴な色をしていた。

おそらく、ライオネルは自分がユリビスの父親だと気づいたに違いない。

ハッとしたクララがライオネルの表情を窺《うかが》うと、彼は目を細めて穏やかに微笑んでくれた。そしてユリビスの顔がよく見えるように屈む。

（どう説明したらいいんだろう……ううん、今はそんなことどうだっていいっ！）

ワグ国との関係性や世論など、色々なしがらみへの不安が頭から飛んでいく。

ユリビスが怪我もなく、元気に戻ってきてくれた。無事に生きている、ただそれだけで良かった。

「守ってあげられなくてごめんね……っ、ユリビス愛してる」

クララは柔らかな頬を包み込み、額《ひたい》にキスをした。

「大丈夫だよ。殿下が来てくれたもん。お母さん泣かないで。鼻がまっかに、なっちゃう、よ……」

ユリビスは話の途中で再び眠ってしまった。

「ユリビスを休ませよう。ゾア、頼んだ」

「かしこまりました」

ライオネルはそばについていたゾアードにユリビスを託す。そして止まらない涙をハンカチで拭《ぬぐ》うクララを横抱きに抱き上げた。

「殿下？」

「クララもあまり休めていないとゾアから聞いてる。それに……」

急に黙り込んだライオネルの顔を見ると、口角を上げて、にっこりと弧を描く目を向けられた。

笑ってはいるけれど、笑っていない。完全に笑っていない。

拭《ぬぐ》っても止まらなかった涙が、一瞬で引っ込んだ。

「俺に何か言うことがあるよね？」

（あああああっ……）

まるで絞首台へ続く扉の前に立たされたような気分になる。

「その反応は……知っていて、隠していたってことかな」

クララは何も言えず黙り込んだ。

ふふふ、と穏やかに微笑んでいるのが余計に恐ろしい。

ライオネルに運ばれるがまま、クララは皇宮内を進む。ライオネルの足が長いからか、筋力があるからか、歩くのが異様に速い。

（怒ってる……すっごく怒ってるわ。ユリビスが殿下の子だということは、瞳を見れば一目瞭然《いちもくりょうぜん》だもの。もう、何も言い逃れできない……）

全身に拘束具をつけられて監禁される絵図が、ぼんやりと頭の中に浮かぶ。

部屋に運ばれるのかと思いきや、着いたのは神聖宮だった。

皇宮の端にひっそりと佇《たたず》む神聖宮は、神殿と良好な関係を築くために作られた、女神像のある静かな場所だ。皇宮勤めの人たちは激務で祈りを捧げる暇もないらしく、ほとんど人がいない。

ライオネルは女神像の前にある祭壇にクララを座らせ、おもむろにドレスの裾をたくし上げた。

コルセットのない、着脱が容易なドレスなので簡単に乱されてしまう。

「で、殿下！　いきなり何を……！」

神聖なる場所で肌を晒《さら》すなんて。

しかし男の力には敵《かな》うわけもなく、胸下まで裾を捲《めく》り上げられる。

ライオネルはクララの薄い腹を労《いた》わるように撫でた。そして恭《うやうや》しく臍《へそ》の下に唇を落とす。

「女神よ。俺とクララに宝物を授けてくれてありがとう」

落ち着きのある低くて通る声が、神聖宮に反響する。

「クララ」

蕩けるような甘い声色で名を呼ばれ、クララはゆっくりと顔を上げた。そして美しく気高い、紫色を見つめる。

「俺の子を産んで、ここまで立派に育ててくれてありがとう」

ライオネルの幸福感に満ちた表情を見て、引っ込んだはずの涙がまた溢れ出す。

――まさか感謝されるとは思っていなかった。事実を知って、怒られると思ったのに……こんなに幸せそうに笑うだなんて。

「産むときはさぞ痛かっただろうね……子育てで大変だったこともたくさんあったと思う。そばにいて支えてやれなくて、ごめん。本当にごめん」

「……っ、っ、でんかぁ……」

「せめて二人きりのときは名前で呼んでほしいな」

今はへこんでいる下腹部を慰めるように優しく撫で、ライオネルはクララを抱きしめた。

妊娠中、不安でいっぱいだったこと。

死に物狂いだった出産。

初めてばかりで戸惑いの連続だった子育て。

それらが走馬灯のようにクララの頭に浮かぶ。

「ライさま、ごめんなさい……っ、ごめんなさい……」

クララは泣きじゃくりながら、すべてを告白した。

妊娠がわかり、安全な聖域で出産と子育てをすると決めたこと。ユリビスが大きくなり、きちんとした教育を受けさせてあげたくて聖域を出たこと。そして皇宮に来てからは、ユリビスがどうしたら幸せになれるかと一人で思い悩んだことを。

「――そうか。すべては、ユリビスを守るためだったんだね」

「私の……唯一の家族だから。どうしてもユリビスと離れ離れになりたくなくて。何があっても私がユリビスを幸せにしなくちゃって……ライ様を傷つけて本当にごめんなさい……」

ライオネルのぬくもりに包まれていると、安心感で満たされて涙が止まらない。

妊娠する前はどれだけ体を痛めつけられても蔑《さげす》まれても、泣くのを堪《こら》えることができたのに。どうしてか、ユリビスが生まれてから、涙もろくなってしまった。

「ユリビスは利口で明るい、とても立派な子だ。クララにそっくりだな。見た目は俺にそっくりだけど」

「っ……らいさま……」

これだけは伝えなくちゃ、とクララはすんと大きく鼻をすすった。

「ライ様の御子を授かったとわかったとき、人生で一番幸せでした。こうして無事に産まれて、健康に育ったユリビスがそばにいてくれて……私は帝国一の幸せ者です」

妊娠したから仕方なく産んだのではなく、クララが望んで産み、愛し育てたということを、どうしても伝えておきたかった。

クララの告白に、ライオネルは「うん」と優しく相槌《あいづち》を打つ。

「これからは俺もユリビスとともにいたい。一緒に育ててくれる？」

――私が絶対にユリビスを幸せにしてみせるわ。

ユリビスの母として、唯一の家族として、ユリビスをちゃんと育てなくちゃと、ずっと気を張ってきた。出自がバレないように、こっそりと隠れながら平穏な日々を過ごせるように、一人で抱え込んできた。

けれど、もう一人じゃない。ライオネルもそばにいてくれるなら、この先どんな困難が待ち構えていても乗り越えられる気がした。

「もちろんです。ライ様がお父さんなんですから」

「ふふ、お父さんか。なんかくすぐったいな」

額《ひたい》を合わせて、小さく笑い合う。

「女神なんてあんまり信じていなかったけど、今なら信じてもいいかもね」

「ふふ、女神像の前でそんなこと言っては怒られますよ」

至近距離で目が合って、吸い込まれるように唇を重ねた。そっと触れるだけのキスが、たまらなく幸せだった。

「今までのユリビスの話、たくさん聞かせてほしいな」

「もちろんです。ユリビスは赤ちゃんのときからすごく可愛かったんですよ。お腹から出てきたとき、ユリビスがライ様に似ていたから嬉しくって、よく覚えています」

「どうして？　俺よりもクララに似たほうが絶対可愛いのに」

「ライ様に会えなくても、小さいライ様を抱きしめているみたいで幸せで――」

そこまで言って、思わず本音が漏れてしまったとクララはハッとした。その直後、ライオネルにがしりと肩を掴まれる。

「クララ？　それはどういう意味？　詳しく教えて？」

「あ、えっと、その、口が滑って――」

「それって俺を好きだからってことでしょ？」

「え、あ……う……」

「いつから？　どのタイミングで!?」

ライオネルがぐいぐい顔を寄せてくる。至高の紫瞳の瞳孔は完全に開いていた。掴まれた肩には力が込められて、痛いくらいだ。

ユリビスの誘拐事件で予定が狂ってしまったが、元々ライオネルにすべてを告白するつもりだったのだ。クララは背筋を伸ばしてライオネルの目をしっかりと捉える。

「初めて……聖女の儀で、ライ様に拝謁してお声をかけていただいたときから……。ライ様は、私の……初恋の皇子様です」

白状させられて顔が火照《ほて》る。恥ずかしい。あれだけ散々逃げ回っておいて、十三年も前から好きだったなんて。

「はぁ……それなら我慢せずに毎日抱けば良かった……！」

「毎日!?」

話が飛躍しすぎだとかぶりを振る。やっぱりライオネルは、クララに対してたがが外れすぎている。

再び麗《うるわ》しいかんばせが目の前に近づいてきて、鼻先が擦《こす》れ合う。

「クララ、もう一回聞きたい」

「えっ、いや……恥ずかしいですし……」

「だめ。逃がさない」

肩にあった手が背に回されて、後ずさることもできない。

クララは腹を決めておずおずと顔を上げ、最愛の人を見つめた。

「ライ様が昔からずっと好きです……」

「今は？」

「い、まも……すき……」

途中からじわじわと羞恥心《しゅうちしん》が込み上げてきて語尾は小さくなってしまったけれど、ちゃんと目を見て伝えられた。

「やばい、どうしよう……ちょっと、泣きそうかも」

ははは……と自嘲しながら、ライオネルは顔を隠すようにクララを強く抱きしめた。ライオネルの胸がバクバクと暴れているのが、衣服の上からも伝わってくる。

顔が見えなくなったからか、羞恥《しゅうち》が薄れて先ほどよりも素直になれる気がした。

「ライ様が好き……大好きです」

「クララ……俺のことをいじめるつもり？」

「いいえ、今までずっと秘めてきた気持ちなので、伝えたいだけです」

「ユリビスと俺、どっちが好き？」

「そんな……比べられませんよっ」

「じゃあ、俺のことどのくらい好き？」

「え？　どのくらい、とは……？　ライ様、少し落ち着いてください」

「落ち着けるわけないでしょ、好きな人が好きって言ってくれたんだから。舞い上がりたくもなるよ」

天井を見上げながら、ライオネルは大きく息を吐いた。

「ふふふっ」

ライオネルがこんな風に取り乱しているところなんて初めて見た。憧れ恋した皇子様然とした姿とは違うけれど、あまりにも可愛らしくて愛おしくて、クララはそっと頬に口づける。

そして今までの空白の時間を埋めるように、たわいもない話を続けた。

離れがたくて、ずっとぬくもりを感じていたくて、二人は抱き合ったまま女神像の前で長い時間を過ごした。

＊　＊　＊

ユリビスが無事に戻り、ライオネルと想いを通じ合わせ、幸せな気分で眠りについた翌朝。

クララは客室ではなく第二皇子の寝室で目覚めた。昨夜はどうしても一緒に眠りたいとライオネルに駄々を捏ねられて、同じベッドに入ったのだ。

隣にはライオネルが眠っている。柔らかくて触り心地の良い同じ素材の寝衣を着ているのが、なんだか新婚みたいだなんて思ってしまう。クララはワンピース型、ライオネルはシャツとズボンというシンプルなデザインだけれど、生地が同じだけでお揃い感が出て気恥ずかしくなる。

ユリビスの一件で憔悴《しょうすい》した体は、食べて一晩寝て、すっかり全回復した。さすが聖女の自己回復力である。

クララは清々しい気分で伸びをした。うーんと天井に腕を上げ、ふと違和感を覚える。

「ん？」

左手を見てみると、手首には見慣れた銀色の腕環が嵌《は》められていた。ヒビはなく、綺麗に修復されている。

（ライ様がつけ直したのね……。ところで、この腕環には一体どんな魔法効果があるのかしら。皇宮から出られなくする、とか？）

その詳しい効力については知らされていない。皇宮の外へ通じる門を通れなかったということは、部屋に拘束する魔法道具の範囲が広い版、みたいなものだろう。

ライオネルの捻《ねじ》れた執着心は、今に始まったことではない。クララは良くも悪くも、環境に順応するタフな性格だ。またライオネルが起きたときに詳しく聞いてみよう。

ベッドから下りようと、クララは脚を持ち上げた。

「ん？」

両足首にも、どこかで見たことのある銀細工の足環がついている。クララが以前つけられていたものよりも太いようだ。

（六年前と同じ、部屋から出られないようにする拘束の魔法道具……しかも両足に……？　これもライ様が？）

合計三つも魔法道具をつけられて、クララは驚愕するよりも呆れかえってしまった。よほどクララに逃げられたのがトラウマになってしまっているのだろうか。

「こんなものがなくても、もう逃げないのに……」

「念には念をね」

「わっっ、ライ様起きていらっしゃったのですか！」

「さっきね」

起き上がったライオネルと、頬に挨拶《あいさつ》の口づけを交わす。

「おはよう、クララ」

「おはようございます」

なんだかこそばゆい感覚がしつつも、クララは腕と足につけられた魔法道具について訊《たず》ねてみた。

「この魔法道具ね。腕環は俺のと対になっていて、俺と一定距離以上離れられないようになってるんだ。足環は、昔クララに壊されたのと同じく、部屋から出られないようにするものだけれど、今度は壊されないように強度を上げてもらったよ」

「そ、そうですか……」

大方予想通りだったけれど、改めてライオネルの深い執着心を見せられてたじたじになる。

ユリビス捜索のときに一度外されたから、てっきりもうつけることはないと思っていたけれど、ライオネルのトラウマが癒えるにはまだ時間がかかるようだ。クララの行動が招いたことだから、この状況は甘んじて受け入れるしかないだろう。

ベッドのそばのローテーブルには、二人では食べきれないほどの軽食が並んでいた。サンドウィッチやスコーン、果物など、冷めても美味《おい》しく食べられるものばかりだ。

「もう朝食が……ライ様が用意したのですが？」

「昨夜のうちから頼んでおいたんだ。今日は引きこもるから」

今日は休日なのかと納得する。第二皇子だって寝室でだらだらと過ごす日があってもいいだろう。

「そうですか。では私はユリビスのところへ行ってきます。気丈に振る舞っていても、まだまだユリビスは幼いですから――えっ？」

支度をしようとするクララを、ライオネルが背後から抱きしめる。

「ユリビスも一日しっかり休ませるよ。医師をつけてあるから心配いらない」

「でも……」

難色を示すクララに、ライオネルはうっとりと笑って耳元で囁《ささや》く。

「今日は、クララがユリビスのことを隠していたお仕置きをする日だよ」

ビクッ、と肩が跳ねる。恐ろしい言葉が聞こえたのは気のせいだと思いたい……

「え……あの、それは――」

「ずーっと嘘をつかれて騙されて、特殊な薬を使ってまで子どものことを隠して……二度と俺に隠し事ができないように、罰を与えるのは当然でしょう？」

ねっとりと耳たぶを舐められて、背筋がぞくぞくと震える。それが甘美なものなのか、恐怖から来るものなのかわからない。

「だって、それは仕方なくて……！」

「わかってるよ。でも、俺はすごく傷ついた。それに、クララにも我が子にも会えずに一人で除け者にされて……寂しかったんだよ？　俺たちは家族なのに」

〝家族〟という言葉に心が痺れる。クララが長年憧れて切望した家族という繋《つな》がりを持ち出されてしまうと、何も言えなくなる。

確かに、クララがライオネルをたくさん傷つけたのは事実だ。

歯を立てて耳を食べられ、罪悪感に苛《さいな》まれるクララの全身に力が入る。

「それは……ごめんなさい……謝ります。でも、お仕置きなんて……」

「今日はこの部屋から一歩も出ずに愛を語り合おう。六年分もあるんだ。一日じゃあ、ぜーんぜん足りないね？」

ライオネルのご機嫌な声が聞こえる。

三つもつけられた魔法道具の意味を悟り、ようやくクララの背中に冷たい汗が伝った。

「まぁ、嫌だと言っても逃げられないし、たとえ泣き叫んだとしても誰も来ないよ。一日中クララと愛し合うから、誰も近づかないようにと通達してある。だから安心して、思いっきり乱れて喘いでいいよ？」

（いやぁ……嘘でしょおおおっ！）

手足につけられた輪っかが、やたらと重みを増した気がした。

「ライ様、あのぉ……」

囚われた腕の中から逃げ出そうとクララがもがくと、さらに強く抱きしめられる。そのとき、腰に硬いものが当たっていることに気がついた。

（これって……！）

興奮して勃ち上がった男性の象徴だと認識した途端、カッと顔が熱くなる。ライオネルは体を離すことなく、いっそう強く押しつけてきた。

「ん……クララ……」

「ひっ、あ……っ！」

耳孔の中に舌が入ってくる。ライオネルの艶《つや》やかな吐息と、耳を舐めるいやらしい音が脳髄にまで響く。

「クララ、俺のを触って？」

「えっ？　あ……」

ライオネルの下衣の中に手を誘導され、熱くたぎった屹立を握らされる。しっとりと濡れてビクビクと震えているのが直に伝わってきた。

「クララのことが好きすぎて、すぐこうなる」

甘く蕩けるような声で囁《ささや》かれて、心臓がどくんどくんと脈打つ。

首を捻り視線を合わせると、紫水晶の瞳には隠しきれない情欲が滲んでいた。強く求められているのだと実感して、胸が歓喜に震える。

ライオネルは下衣と下着を器用に下ろすと、屹立をクララに握らせたまま上下に扱《しご》いた。

「クララに会えない間、こうやって自分を慰めていたよ。初めて体を重ねた日を思い返しては、何度も何度も脳内でクララを抱いた」

動かすたびに雄は硬く大きくなり、先端から透明な露が溢れ出る。

朝の光が差し込む室内で繰り広げられる生々しい痴態を直視できず、クララは顔を背けた。

「だめだよ。ほら、ちゃんと見て」

「あっ、ライさま……！」

ソファにクララを座らせると、立ったままのライオネルは目線の高さに雄を突き付けた。端整な顔立ちには似つかわしくない、グロテスクなモノを前にして、クララは思わず息を呑む。

ライオネルとは何度か体を繋《つな》げたけれど、こうしてまじまじと見るのは初めてだ。

クララに欲情しているのだとわからせるように、見せつけるように、ライオネルはクララの手を動かして自身の分身を愛撫する。

手を上下させるたびに、にちにちと粘着質な音が聞こえてきて、クララの羞恥《しゅうち》を煽《あお》った。男の匂いがして、淫《みだ》らに変貌していく様《さま》がいやらしい。

でも、これも大好きなライオネルの一部だと思うとドキドキした。

「……っ」

勇気を出して、自分からも手を動かしてみる。両手を添えて、ライオネルがしていたように握り込んで扱《しご》く。

「っ、もっと強くしても大丈夫」

「こう、ですか？」

「ん、気持ちいい……」

手の力を強めると、さらに怒張が膨らんだ。男性器ってこんなに大きくなるものなの？　とクララは驚嘆する。

ライオネルの表情が徐々に快楽で歪み始める。口から漏れる吐息がなんともなまめかしい。

あの高貴な皇子様を昂《たかぶ》らせているのが自分であることに、とてつもない興奮と悦《よろこ》びを感じた。

「クララにこんな風に触ってもらえるなんて……」

ライオネルは褒めるようにクララの頭をそっと撫で、次いで唇を指の腹でなぞる。

（もっと、触れたい。気持ち良くしてあげたい）

クララがライオネルの指を舌先で舐めると、顎を掴まれたまま引き寄せられた。目の前にあるくびれた竿の先端へ、導かれるままにクララは舌を伸ばす。

「ン……」

滴《したた》っていた透明な露を舐め、優しくキスをする。むわりと男の匂いが鼻腔を抜け、塩っぽいなんとも言えない味が口に広がった。

この行為が正しいのかもわからないまま、クララは差し出された先端を口に含む。

「はあっ、クララ……っ」

息を乱し、ぎゅっと眉根を寄せて快楽を享受するライオネルの姿に安心して、動きを大胆にしていく。つるりとした先端を舌で舐め回し、幹を両手で擦《こす》る。

「あっ、だめだ、出る……！」

「ん!?　ひあっ」

突然先端から熱い液体が噴き出て、驚いて口を離してしまった。クララの口まわりにどろりとした白濁液がかかり、首筋を伝って垂れていく。

思わず硬直してしまったけれど、クララの愛撫でライオネルが達したのだと理解して、充足感に満たされた。

「はぁ、はぁ……クララ……」

「悦《よ》かった、ですか？」

「うん、すごく悦《よ》かった……クララがいやらしくて、すぐ出ちゃったよ」

汗を滴《したた》らせながら息を吐くライオネルは、壮絶な色香を纏《まと》っている。いやらしいのは断然、彼のほうだとクララは思った。

「ごめん、汚しちゃったね。洗い流そうか」

ライオネルは息も整わぬまま、クララを抱き上げて浴室へ向かう。

第二皇子の私室に備えつけられている浴室は、クララが使っていた客室よりも広く、華やかだった。円形の浴槽にはすでにあたたかな湯が用意されていて、白い湯気が立ち上っている。

ライオネルは浴槽の縁《ふち》にクララを座らせると、寝衣を脱がせ、汚れたところを手巾で拭《ぬぐ》ってくれた。

「ふふっ、ありがとうございます」

「なんで笑うの？」

「ライ様って皇子様なのに、こうして自《みずか》ら綺麗にしてくれて……面倒見がいいなぁと思いまして」

以前もドレス姿で化粧も落とさないまま眠ってしまったクララに、あれこれと世話を焼いてくれた。皇子という立場上、雑事は使用人に任せてしまうことが多いだろうに、こうしてクララに接してくれることが嬉しい。

「ただ好きな子に触りたいっていう下心だよ」

ライオネルは少年のように笑ってクララの手を引くと、二人で湯に浸かった。

浴槽は大人二人が入って足を伸ばしても十分な広さがある。しかし明るい浴室で裸を見られるのが恥ずかしくて、クララは隅で膝を抱えて座った。

「クララ？　そんなところにいないで、こっちへおいで」

分厚い胸板に六つに割れた腹筋。まるで騎士のように鍛え上げられた美しい筋肉美が湯に濡れて、妖艶さが際立っている。

「私はここでいいです……」

いくら湯の中とはいえ、目のやり場に困る。クララは浴室の扉のほうを向きながら答えた。

それを許さないとばかりに、ライオネルの太ももの上に乗せられる。

「きゃ……ライ様！」

「だめ。今日は一日クララを俺の好きなようにするんだから。ほら、キスしよう？」

「待っ、んん……っ」

後頭部に手を回されて唇を奪われる。強引だけれど、優しく触れる口づけに、次第に体の力が抜けていく。

舌裏を舐められ、歯列をなぞられ、混ざり合った唾液を啜《すす》られて。ライオネルと合わさって溶けていく感覚が心地よい。

「クララからもしてほしいな」

甘くねだる声に逆らえず、クララは小さく頷いた。

ライオネルの首裏に両腕を回して、必死に唇に吸いつく。柔《やわ》く食《は》んで、舐めて、絡めて――上手くできている自信はないけれど、少しでも彼に想いが伝わってほしい。

昔も今も、ずっとあなただけ。そして、これからもあなただけを愛してる――そんな恋情を舌にのせる。

キスに夢中になっていると、ライオネルの手が下から掬い上げるように乳房を包み込んだ。ビクッとクララの体が跳ねる。

ふっ、とライオネルの唇から息が漏れたあと、乳輪を指の腹で優しくなぞられた。

「ン……ッ！」

痺れるような刺激に、思わず絡めていた舌に歯を立ててしまった。けれど彼は気にした様子もなく、強く舌に吸いついてくる。

（あ……くらくら、する……）

激しい口づけを交わしながら、乳嘴《にゅうし》を弄《もてあそ》ばれ、クララは無意識のうちに太ももを擦《す》り合わせていた。

体の奥が火照《ほて》る。熱い疼きが全身を巡って、心拍数が高くなっていく。

「はぁ……も……だめ……」

全身に力が入らなくなり、ライオネルに身を預ける。引き締まった分厚い体躯《たいく》は、危なげなくクララを支えてくれた。

「ベッドに行こうか」

くたりとしたクララを抱えて、ライオネルは再び寝室に戻る。そして、いつの間にか新しく敷き直されていたシーツの上に押し倒した。

「ライ、さま……」

「大好きだよ」

ライオネルは蕩けるような甘い声で囁《ささや》くと、そっと唇を重ねる。クララが「私も」と言おうとすると、すかさず唇を塞がれて、もごもごとした言葉になってしまった。

――なんて幸せなんだろう。

ずっと憧れた大好きな人との間に子を授かれただけでなく、こうして想いを通わせて肌を重ねられて。

「ん……幸せすぎて、私死んじゃいそうです」

もし幸福死というものがあるとしたら、今の自分はとっくに天に召されているだろうな……なんて意味のないことを考えてしまった。

「何言ってるの、だめだよ。やっとの思いでクララを手に入れたばかりなんだ。これからが本番だよ」

両手の指を絡め合わせたライオネルに、シーツに縫いつけられる。首や鎖骨、胸や腹に吸いつかれて、赤い花が咲いていった。

「ちょっと肌に吸いついただけなのに、すぐ痕がついちゃうね。痕だらけにしたくなる……新雪を踏み荒らしたくなる気持ちと少し似ているかも」

「んっ……新雪ですか？」

「そう。俺が愛した証《あかし》をつけたい」

「あっ！」

胸の突起を口に含まれ、ちゅうっと吸いつかれた。もう片方は指の腹で擦《こす》られて、クララは喉を反らして身悶える。

「そこっ、痕、つかないですからっ」

「やってみないとわからないよ？」

ライオネルは悪戯《いたずら》に笑って、繰り返し硬くなった胸の突起を可愛がる。

舌で優しく押し潰し、くりくりと捏ねて歯で甘噛みされると、クララの腰が揺れる。下腹部が切なく疼いてしまうのを止められない。

「胸ばっかり、だめ……」

そう呟《つぶや》くと、ようやくライオネルが愛撫の手を止めてくれた。

胸の頂《いただき》は散々愛でられて、ぷっくりと赤く充血している。

「ほら、色づいたでしょう？」

ライオネルは満足げに舌舐めずりをして、上体を起こした。

（ううぅ……ライ様に触れられると、全部気持ちいい……）

何度かライオネルと体を重ねてきたが、そのときとは比べ物にならないほどの幸福感が胸に広がる。心を通わせた触れ合いが、こんなにも幸せで満ち満ちた気持ちになるなんて知らなかった。

そんな風に考えていると、突然がばっと両脚を開かれた。

「クララ、自分で脚を持ってごらん」

「えっ」

「ほら、膝の裏を持って。さっき上手に舐めてくれたから、俺もいっぱいシてあげたい」

つまり、ライオネルに秘部を舌で愛撫されるということか。クララは、もっと気持ち良くなりたいという淫《みだ》らな欲求と羞恥心《しゅうちしん》の間で揺れる。しかし、両手を膝の裏へ誘導され、クララは震える手で自分の脚を抱えた。

ライオネルは無造作に髪をかき上げると、脚の間に顔を埋《うず》めた。指で秘裂を広げ、舌がクララの大事なところを舐めほぐしていく。

「あっ、あっ、あっ……！」

「こら、ちゃんと脚持って」

熱い舌がぬるぬると這い回り、勝手に腰が跳ねる。

花弁をすべて丁寧に舐めとったあとは、くぷくぷと舌先を穴に出し入れされる。恥ずかしくてたまらないのにもっとしてほしくて、クララは必死に膝裏を抱え込んだ。とろりと蜜穴から愛液がこぼれ落ちたのが、自分でもわかる。

(ライ様に愛されてる……っ)

羞恥《しゅうち》と歓喜と快感がせめぎ合って、思考が溶けてくる。

とある一点をライオネルの舌が掠めた瞬間、稲妻が落ちたような激しい刺激が全身を走った。

「あああぁっ！」

「ここ、たくさんかわいがってあげるね」

あわいの上にある包皮をむき、舌先がそっと触れる。それだけでビリビリとした痺れに襲われた。

「あ――……！」

深い悦楽に背をのけ反らせ、クララは咄嗟《とっさ》にシーツを掴む。瞼《まぶた》の奥に星が瞬《また》いて、何かに縋《すが》りつかないとおかしくなってしまいそうだった。

「ふふ、気持ち良かったね」

「あっ、あ、きもち、い、です……」

荒い息をしていると、座った体勢のライオネルの膝に跨《また》がらされた。彼と目線の高さが同じになり、また惹かれ合うようにキスをする。

「ん、んぅ……」

先ほどの快楽の余韻で下肢がガクガクしている。ライオネルはクララの細い腰を支えると、屹立を入り口に押し当てた。

窮屈な蜜路を拓《ひら》かれていく感覚に、ぞくぞくと気持ち良さが駆け上っていく。たまらず、彼の首の後ろにしがみついた。

「んあぁっ、ふ、んんっ！」

嬌声がライオネルの口内に呑み込まれる。

「まだ半分しか入ってないのに……きつっ」

「あぁっ、も、むり……っ」

「大丈夫、前に何度も奥まで愛したでしょう？」

クララははくはくと口を開けて小さく首を振ったが、ライオネルはうっとりと微笑んだだけだ。

「ねぇ、クララ。俺のこと好きって言いながら腰揺らしてみて？」

「えっ……そんなこと、恥ずかしくて……」

「お願い。クララに求められたいんだ」

強く切望する瞳に囚われると、否と言えなくなる。

（そもそも、これは私がユリビスを隠していたことの罰なのだから……）

自分から腰を振って欲しがるなんて、そんな卑猥なことは絶対にできない。けれどこれはライオネルを傷つけてしまったクララの罪——そう思うと罪滅ぼしをしなければという気になる。

「ライさま……引かないでくれますか？」

「俺が望んでいるのに、引くわけないよ」

チュッと頬にキスされて、決心が固まったクララは震える腰を持ち上げた。

「好きです……っ」

声を振り絞って告げると、クララは腰をゆっくりと下ろす。ずず、と熱杭が入って、お腹の奥が圧迫感で苦しい。一度腰を上げて屹立を引き抜いたあと、奥が苦しくなるまで呑み込む。

「すき、ライ……さまぁ」

気持ちいいのに胸が苦しい。熱に浮かされた体は制御不能になっていて、思考がぼうっとしてくる。

「ずっと好き。だいすき。ライさまだけ……すき」

視界が水の膜でぼやけてくる。ライオネルの綺麗な顔が大きく歪んだかと思うと、思い切り腰を突き上げられた。

「あぁぁっ……⁉」

「――っ、ああもうっ！　かわいすぎるクララが悪いっ」

ライオネルの叫びとともに奥壁を叩いた剛直が、ビクビクと震えているのが伝わってきた。呑み込んだ肉塊に襞が絡みついて、きゅうきゅうと締めつける。

「ずっと俺の一方通行だと思ってた。俺ばかりが好きなんだと……。これからは隠さないで。クララの本心を告げて」

「んあっ、あ……！　すき、すきぃ……っ」

「俺も好きだ」

シーツに押しつけられて、容赦なく腰をぶつけられる。激しい腰使いに、クララはただただ快楽を享受した。たがが外れたライオネルは、本能のままにクララを貪《むさぼ》る。

「クララ……！」

何度達しようと、何度腰が跳ねようと、ライオネルは止まってくれない。猛然と腰を打ちつけながら、幾度《いくど》となく「好きだ」と繰り返し囁《ささや》く。

「ひっ、あ――」

クララも好きと言いたいのに、喉から出るのは意味のない卑猥な嬌声だけ。

限界まで求められて、求めて――激しい愛情が内側から込み上げて、熱杭を締めつける。

「出そう……っ、ああ、クララ……！」

意識が飛びそうになる強烈な快感の中で、熱いものが爆《は》ぜた。

ライオネルはクララを掻き抱いたまま、屹立をドクドクと震わせ、精を吐き出していく。

「クララ……クララ……」

縋《すが》りつかれて、たまらなく愛おしさが湧き起こる。クララは愛息子にするように、優しく金髪を撫でた。

「愛してます。ライオネル様」

しばらく乱れた息が整うまで、ただひたすら抱きしめ合った。汗で濡れた肌が朝の澄んだ空気に晒《さら》されて、少しずつ熱を冷ましていく。

名残惜しそうに泥寧《ぬかるみ》から屹立を引き抜くと、ライオネルはクララの額《ひたい》にキスを落とした。

「大丈夫？」

「だいじょうぶ……です」

汗で張り付いた髪を掻き上げるライオネルの色っぽさを直視できず、クララは視線を逸らす。

(情事のあとってどうしたらいいの……！)

今までは疲れて寝落ちしていたから、気にしたことがなかった。今はお互い真っ裸だし、股の間からは粘液がこぼれ落ちるしで、居た堪《たま》れなくなったクララはシーツの上で背を丸めた。

「あつ……クララも水飲む？」

「あ、はい……」

クララは上半身を起こし、ライオネルから水を注いだグラスを受け取る。

「……んっ」

その瞬間、蜜穴から大量の白濁液がとろりと肌を伝い、クララは身を震わせた。

（シーツが汚れちゃう……せっかく敷き直してもらったばかりなのに！）

流れ出ないように内股に力を入れたものの、さらに奥から精が押し出されてしまった。

「クララ？　どうした？」

クララが不自然な姿勢で固まっていると、ライオネルが心配して顔を覗き込んだ。

「体痛い？　ごめん、激しくしすぎたかな」

「あ、あの……ひゃあっ」

労《いた》わるように腰を撫でられて、過剰に体が反応した。手にしていたグラスから水がこぼれてしまう。

「だい、じょうぶです、から」

「大丈夫じゃない。クララの体に何かあったら一大事だ。俺に見せてみて」

「や、だめ……っ！」

抵抗むなしく片脚を持ち上げられ、ぐちゃぐちゃに濡れた泥寧《ぬかるみ》がライオネルの眼前に晒《さら》される。

（ひいいぃっ！）

愛液と精液が混ざり合った淫猥な液体が太ももや臀部を伝い、シーツにしみを作った。

脚を広げられては力が入らず、中に出されたものが止めどなく流れ出ていく。

「見ないで……」

グラスを握りしめたまま、ぎゅっと目を瞑《つぶ》ると、「すごい……」と呟《つぶや》く声が聞こえる。ライオネルはハッと我に返ったようにクララを見た。

「あぁ、シーツがどろどろだね。替えないと」

「……っ、ごめんなさい、どうしてもこぼれてしまって……シーツは洗濯が大変なのに……」

恥ずかしいやら申し訳ないやらで、クララは涙声になる。

するとライオネルはなぜかクララをベッドの横に立たせて、グラスを奪った。

「じゃあ、これ以上こぼれないように蓋をしようか」

「えっ？　……ああっ⁉」

後ろを向かされてバランスを崩し、ベッドに手をついた途端、蜜壺に剛直を突き入れられた。

「あー……！」

「ぬるぬるですぐに入る……クララの恥ずかしいところ、もっと俺に見せてよ」

尻の谷間を左右に割り開かれ、たぎった熱杭がゆっくりと抜き差しされる。ぐちゅり、と色々な体液が混ざった音が響く。

後ろから貫かれる体位は、先ほどとは剛直が当たる場所が変わって、また気持ちいいところを開拓されていく。

「ライさまっ、もう、おしまい、にっ」

「忘れたの？　これはお仕置きなんだよ。クララが二度と隠し事をしないように」

「あああぁんっ！」

ひときわ強く最奥を突き上げられて、淫《みだ》らな女の声が喉から迸《ほとばし》る。

過ぎる快感を逃がそうと身を捩《よじ》るものの、それを許さないとばかりにライオネルに抱きしめられた。密着すると、さらに屹立が深く食い込んで、お腹の奥が苦しくなる。

「だめ。逃がさないよ」

うっとりと嗤《わら》うライオネルの声に、クララはぶるりと身震いした。

(あ……たべられる……)

こうしてクララはライオネルに求められるがまま、気を失うまで愛を注がれた。


時間とは時に残酷だ。

爽やかな朝の時間から延々と肌を合わせて、未だに太陽が沈まない空を恨めしく思ってしまう。

(気をやっている間に体力を回復してしまう聖女の体を、こんなに憎いと思う日が来るなんて……)

まるで獣のような激しい性交だったにもかかわらず、目が覚めた体に何一つ不調はない。

あえて言うならば、お腹が空いた。何か口にしたい。

「クララ、大丈夫?」

「ぁ……ケホケホ」

「何か食べようか」

ライオネルは棚を開け、ハンガーにかかったガウンを素肌に纏《まと》うと、クララにも羽織らせた。そのまま抱き上げてソファへ移動し、水差しから水を注いだグラスを持たせる。

「クララのかわいい喘ぎ声がたくさん聞けて、最高だったな」

「んん……っ、忘れてください」

思わず口に含んだ水を噴き出しそうになった。

「何を食べたい？　食べさせてあげるよ」

「じゃあ……果物を」

「はい、あーん」

指で摘《つま》んだ苺《いちご》を口元に持ってこられて一瞬躊躇《ちゅうちょ》したものの、クララはパクリと食べた。

甘酸っぱい果汁が口いっぱいに広がり、無意識のうちに頬が綻《ほころ》んだ。

「ふふ、やっぱり親子だね。苺《いちご》好きなんだ？」

「苺《いちご》は果物の中で一番好きです。でも、なかなか北部では食べられなくて……。この話、しましたっけ？」

「ううん。ユリビスが気に入ってたから、クララも好きかなって」

「そうでしたか」

もう一粒運ばれてきて、素直に口に含む。

「殿下の好物は何ですか？」

「基本的に何でも食べるけど……食べ物だと、葡萄《ぶどう》酒と一緒に食べるチーズが好きかな」

「お酒、好きなんですね」

「今夜にでも一緒に飲もうか」

「でも私、飲んだことがないので……」

「いろんな種類を用意させるよ。女性が好む甘いものもあるから、きっと気に入る味が見つかるはずだ」

そんなやりとりを交わしながら、空きっ腹に食事を入れていく。

ちなみにライオネルの膝上に乗せられたままだったが、下ろしてと頼んでも聞いてくれないだろうと思い、されるがままになっている。

ちらりと柱時計を見ると、まだ夕方にもならない時間だ。

（これだけシたら、お仕置きはさすがにもうおしまい、よね……？）

聞くか否か……と、クララはライオネルの顔色を窺《うかが》う。

「クララ？　どうした？」

「あの、その……そろそろ服を着たいのですが……」

「寒い？」

「いいえ、ライ様とくっついているとあたたかいのですが、一日中裸でいるのもどうかと思いますし、ユリビスの様子も気になるので……」

もごもごと遠回しに、これ以上睦《むつ》み合うのはおしまいにしたいと告げる。厳重に魔法道具をつけるくらいだから許されないかと思ったのだけど、「いいよ」とあっさり了承された。

「クララの服を何着か持ってきてもらったんだ。どれにする？」

ライオネルはクローゼットを両開きにし、中が見えるようにしてくれた。

簡易ドレスからラフなワンピースまで、クララのクローゼットにあった衣類がいくつかかけてある。

「動きやすいものであれば、何でも……あっ」

ふと、一番端にかかっている白い衣服に目が留まった。

「聖女服……懐かしい……」

神殿勤めだった頃は毎日着ていた聖女服。聖女の証《あかし》である衣服はクララにとって大切なものであったはずなのに、今は昔ほど愛着が湧いてこないから不思議だ。

「そうだ。着てみてよ、六年ぶりに」

「えっ、でも」

「久々に見てみたいな。大丈夫、どうせ俺しか見ないから」

「わっ、ライ様……！」

そう言われて手際よくガウンを剥ぎ取られ、聖女服を被らされる。

丁重にホックを留めると、ライオネルはクララの頭から足先までを何度も目で辿る。

「なんだか、神殿にいた頃を思い出すね」

「懐かしいです。でも、今着ると少し恥ずかしい……」

えへへと照れ笑いをしながら、クララは緻密な刺繍《ししゅう》を撫でる。

たった数年前なのに、随分と昔のことのような気がした。

「それを着ていると、清純な聖女様って感じがする」

「その言い方、なんだか私が清純じゃないみたいじゃないですかっ」

「クララは自分から腰を揺らす、えっちな聖女だもんね？」

「なっ……！」

顔に火がついたように真っ赤になったクララを見て、ライオネルが悪戯《いたずら》に笑う。

「ライ様がやらせたのに……ひどい言い草ですっ」

「俺がお願いする前から腰を浮かせて物欲しそうにしてたよ？　人のせいにしないでほしいなぁ」

「全部、ライ様のせいです……！」

クララはソファに座り直し、ふいっと顔を背ける。隣に移動してきたライオネルはクララを抱きしめると、首元に顔を埋《うず》めた。

「神殿で働くクララを、ずっとこうして抱きしめてあげたいと思ってた」

熱のこもった言葉に、胸がキュンとする。サラサラな金の髪を優しく撫でて、クララは訊《たず》ねた。

「私のこと、そんなに前から……？」

「うん。ずっと見てた。発作で意識が朦朧《もうろう》としているときも、子どもたちと話すときの無邪気な笑顔も、祝詞《のりと》を唱える真剣な横顔も、全部覚えてる」

「そう、だったんですね……」

どこからクララのことを見ていたのかはわからないけれど、あの働き詰めだった七年間の努力を認めてもらえたような気がして、嬉しくなった。

「他にも鮮明に覚えてるよ。気持ち良すぎて泣いちゃった顔も、呂律《ろれつ》が回らなくなって何言ってるかわからない可愛い声も、ビクビク震えながら少し漏らしちゃ――」

「やあああああっ、言わないでっ！」

お仕置きと称して、散々恥ずかしいことをさせたのはライオネルだ。彼との子どもをずっとひた隠しにしていたことに、多少なりとも罪悪感のあったクララは、恥を忍んでライオネルの求めに応じてあげたのに……！

（穴があったら埋まりたいぃっ）

先ほどの淫態を蒸し返すライオネルの口を、両手で塞ぐ。

「……ごめん、クララ。思い出したらムラムラしてきちゃった」

「えええぇっ⁉」

ライオネルは悪びれる様子もなく下半身を密着させ、怒張した雄をぐりぐりと押しつけてくる。何度も発散しているはずなのに、どうして熱くたぎっているのか不思議でたまらない。皇族にも聖女のような自己回復力があるのだろうか。

「な、な、な、な、なっ」

「ねぇ、これ着たままシよ？　聖女服のクララが乱れてるところを見てみたい」

「だ、だめです！　そんなことをしては、女神様がお怒りになりますよ！」

「背徳感があっていいねぇ」

「よくありませんんんっ！」

あっという間にソファに押し倒され、聖女服をたくし上げられる。下着を身につけていなかったため、すぐに秘所が曝《さら》け出された。

クララはとにかく、ライオネルの意識を聖女服から逸らしたい一心で必死に声を上げる。

「ユリビスのっ、ところへ行ってあげないと、きっと寂しがって――」

「そうだね。じゃあ、このあと一緒に行こう」

「えっ、あとって」

「クララ、挿《い》れるよ」

「え、まって、やぁっ、あぁ……っ」

ライオネルの燃え上がるような熱が、ゆっくりと入ってくる。

(なんでっ、なんでこうなるのぉ……!)

クララの必死の説得も虚しく、ライオネルの宣言通り朝から晩まで貪《むさぼ》り尽くされることになってしまった。

五章　想定外の耐久戦

ユリビスは今までに着せたことがない、豪奢《ごうしゃ》な衣装に身を包んでいた。子ども用の小ぶりのクラヴァットを締め、宝石のあしらわれたブローチやカフスボタンを着けている。

初めて身に纏《まと》う衣の華やかさと重量に、ユリビスは困惑しているようだ。

「お母さん、服ってこんなに重いんだね……」

「刺繍《ししゅう》って意外と重いのよね。でも大丈夫、少しの間だけよ」

クララもユリビスと同様、盛装だ。広がりの少ないシンプルなドレスに、銀色のベールを纏《まと》っている。

誘拐事件のあと、体調が回復したユリビスにライオネルが父親だと説明した。最初は驚いていたけれど、ユリビスは嬉しそうに「だから僕の右目とお揃いなんだね！」と言って笑っていた。

クララは広い皇宮の端にある神聖宮の扉の前に立ち、小さな手をぎゅっと握りしめる。

「お父さんのところへ行くだけだから。緊張しなくていいのよ」

「う、うん……」

あたたかい柔らかな手が、小刻みに震えている。クララはユリビスを安心させるように、しっかりと目を合わせて口を開く。

「ユリビス、〝下を向かないで。堂々と胸を張って〟」

「それって、お母さんがいつも言ってる魔法の言葉？」

「そう。これはね、ユリビスのお父さんの言葉なの。だからユリビスも前を向いてごらん？　そうしたら、きっと勇気が湧いてくるから」

息子を安心させるように朗らかに微笑むと、少し肩の力が抜けたのか、ユリビスに笑顔が戻る。

ユリビスは言われた通りに背筋をしゃんと伸ばした。

「時間になりました。扉を開けます」

「はい」

扉の両脇に立つ騎士が、重たい石の扉を開ける。

女神像と祭壇が置かれた神聖宮には、ビアト帝国の重鎮である高位貴族の当主らが招かれている。品定めをするかのような、真偽を確かめるかのような、鋭い視線が肌に突き刺さった。

ステンドグラス越しに注がれる日光を浴びながら、クララとユリビスは手を繋《つな》いで祭壇までゆっくりと歩く。

祭壇には大きな水盆が置かれており、そばには大神官と皇族が立っている。

「ユリビス、おいで」

ライオネルが穏やかに微笑んで手を差し伸べる。

ユリビスは一度クララの顔を見て頷き、その手を取った。ライオネルが小さい体を抱きかかえると、クララは端に身を寄せ、儀式の様子を静かに見守る。

大神官がライオネルとユリビスの髪を数本ずつ、はさみで切り取り水盆に浮かべた。すると二人の金髪は紫色の光を放ちながら混ざり合い、無色の水を紫色に変える。

「おおぉ……！」と感嘆する高位貴族らの声が聞こえ、神聖宮に大きな拍手が湧き起こった。

「おとう――ええと、でんか？」

「これでユリビスと俺が正式な家族だって、認められたんだ。だからもうお父さんと呼んでいいよ」

「うん……お父さん」

「ユリビス、生まれてきてくれてありがとう」

「えへへ」

ユリビスの表情には、まだどこか硬さが残っている。けれど甘えるようにライオネルの首に手を回す。

ユリビスはまだ五歳だ。果たしてこの状況をきちんと理解しているのか、していないのか……よくわからないけれど、ユリビスが幸せそうにしているので、それでいい。

皇帝陛下の祝言を聞きながら、クララはそっくりな父子の後ろ姿を見つめていた。

＊　＊　＊

ガタンと大きく車体が揺れ、クララは目を覚ました。

神聖力を酷使して発作を起こした体は、眠ったことによってすっかり回復した。

ライオネルの婚約者となり、あっという間に数ヶ月が経った。正式に皇族と認められたユリビスは、皇族教育の授業に励んでおり、クララも慈愛の聖女として精力的に活動している。

いつでもどこでも眠れるタフな体質は、環境が改善されても変わらない。

ライオネルには「必ずベッドで眠るように」と口酸っぱく言われているけれど、移動時間に体力を回復できたほうが時間を有効活用できる。

(時間が余ったら、その分ユリビスと遊んであげられるもの！)

北部の神殿勤めのときに身についてしまった仕事中毒は、なかなか改められそうになかった。

「お帰りなさいませ。クララ様」

「ありがとう」

従者の手を借りてタラップを降りる。やたら装飾の多い豪華な聖女服の裾を踏まないように、細心の注意を払う。

今や住居となった皇宮は、相変わらず煌《きら》びやかで美しい宮殿だ。

「ライオネル殿下のところまでお供いたします」

「よろしくね」

クララは複数の護衛騎士を連れて、ライオネルが執務を行う中央宮へ向かう。

第二皇子の婚約者となったクララは、皇族教育の合間を縫って、慈愛の聖女として慈善事業にも熱心に取り組んでいる。これはクララ本人の強い希望によるものだ。

帝都中央神殿で信者たちへの治療を行ったり、また孤児院や養老院でも無償で治療を行ったりしている。

「慈愛の聖女様だわ！」

「まぁ、なんと麗《うるわ》しい……」

クララを見つめる人々の視線は、羨望と憧憬に満ちている。

稀有《けう》な神聖力を持つ慈愛の聖女は、尊《とうと》い身分であるにもかかわらず、分け隔てなく人々を癒す。

神聖力を使うと代償として高熱が出てしまうが、それを厭うことなく苦しんでいる人々に救いの手を差し伸べている、と評判だ。

こうして帝国民から絶大な人気を得たクララによって、皇家への好感度は日に日に高まっている。

ちなみに、クララは聖女として神殿にも所属しているため、神殿への寄付額も増えていた。

皇家と神殿――互いに監視、牽制し合う関係は以前と変わりないものの、その本質は大きく揺らぎ始めていた。

皇宮内をしばらく歩き、ライオネルの執務室に到着した。

クララが勤めで皇宮を出入りする際は、こうして必ず出立と帰城の挨拶《あいさつ》をする。

前まではクララが逃亡しないようにと魔法道具をつけられていたけれど、想いを通じ合わせて信頼関係が構築できてからは、魔法道具の類《たぐい》は一切使用していない。

（婚約者を監禁する皇子、なんて噂が立ってはいけないものね……）

けれどクララは心配性で執着心の強いライオネルのために、こうしてこまめに顔を出しているのだ。

「ライオネル様、クララです。失礼します」

護衛騎士を外に待たせて入室する。部屋には誰もおらず、がらんとしていた。

「あら、誰もいない……。仮眠中かしら？」

不思議に思いつつ、クララは執務室に併設されている仮眠用の部屋に入る。ベッドと置き時計があるだけの質素な部屋だ。

ここにも誰もいない。入れ違いになったか、あるいは会議が長引いているのかもしれない。

「仕方ない。書き置きでもして――」

クララが仮眠室から出ようとすると、ガタンと何かが落ちる音がした。

（ベッドの奥に、何か……？）

ベッドのヘッドボードの奥に、赤子がすっぽりと入るくらい大きな木箱が置いてあった。そこには、鍵が外れた錠がかかっている。

鍵がついているということは、おそらく大事なものなのだろう。

（自分の部屋ではなく、わざわざここに置いているということは仕事で使うもの？　でも壁とベッドの間に隠すように置いてあるのが気になるわ……）

好奇心に駆り立てられたクララは、少しだけ……と蓋を持ち上げた。

そこにはたくさんの道具が無造作に放り込まれていた。金属や布、瓶に入った液体など、一見ガラクタの寄せ集めのようにしか見えない。

その中に、見覚えのある銀細工の輪っかを発見した。ライオネルに何度もつけられた、行動範囲を制限する拘束の魔法道具だ。

（ということは、この箱に入っているものはおそらく魔法道具だわ。でも……管理はあまりできていないようね）

よくよく見ると枯れ葉や紙の切れ端など、いかにもゴミだというものも混じっている。

クララは見慣れた銀の輪を手に取り、経年劣化してくすんだ羽根の紋様を撫でた。なんだか懐かしい。

聖域を出てユリビスとホーギア国へ逃亡しようとして、結局ライオネルに捕まって。この魔法道具を見ていると、彼のクララへ向けた執着愛を思い出す。

夫婦となり幾分《いくぶん》かあの頃よりは落ち着いたけれど。

そのとき、カツン、と何かが落ちた。透明の珠が大理石の床を転がっていく。

クララは銀色の輪を箱に戻し、落ちた珠を拾った。

ただの珠かと思ったら留め具がついている。どうやら耳飾りのようだ。

「そろそろ戻らなきゃ――」

「失礼します」

突然男性の声が聞こえて、クララは慌てて珠をポケットに突っ込んだ。同時に、仮眠室の扉が開かれる。

「聖女様、こちらにいらっしゃいましたか」

「ゾアード様。勤めから戻ったので、ライオネル様にご挨拶《あいさつ》をと思ったのですが、いらっしゃらなくて……」

「申し訳ありません。会議が長引いているので、代わりに参りました。お部屋までお送りします」

「……ありがとうございます」

ゾアードに促されて執務室を出る。

（あああっ、どうしよう、持ち出しちゃった……！）

聖女服の上から、そっと耳飾りを確かめる。タイミングを見計らってこっそりと返さなければ。

自室に戻ったクララは、女官らの手を借りてベールのついた聖女服を脱ぎ、結っていた髪を解く。

簡単に身を清めてもらい、締めつけのないゆったりしたドレスに着替えた。

その間、女官にはバレないように、手のひらに耳飾りを握りしめていた。

「疲れたから、しばらく休むわ」

そう伝えると、女官らは丁寧にお辞儀をして部屋から出ていく。

ようやく一人きりになって、クララは重たい息を吐いた。

（これは本当に魔法道具なのかしら？）

何の変哲もない透明な石だ。腕環や足環のような紋様もないので、ただのガラクタの可能性も否めない。

クララはもう一度周囲に誰もいないことを確認して、その耳飾りを耳たぶに挟んでみた。

「……何も起こらない」

ただの耳飾り？　それとも壊れているから何の効果もないだけ？

試しに指で突《つつ》いたり、引っ張ってみたりしたけれど、何も起こらない。それでも耳飾りが気になって、しばらくの間つけて様子を見ることにした。

クララはソファに座り、ポットから紅茶を注いだ。ふわりとラベンダーの香りが広がる。

「お母さん、おかえりなさいーっ！」

「ユリビス！」

勢いよく開いた扉から、ライオネルそっくりの愛息子が入ってきた。

「ただいま。扉を開けるときはノックをしなさいって、いつも言ってるでしょう？」

「えへへ、はぁーい」

ユリビスは公《おおやけ》の場や他人の目がある場所では行儀よく振る舞っているけれど、クララの前では聖域にいた頃と変わらずやんちゃ坊主だ。

入室するなり、ユリビスは部屋をぐるりと一周する。何かを探しているような仕草だ。

《うーん、どこだったら騎士さんに見つからないかなぁ》

クララはハッと右耳を押さえた。

（え、今の声は……？　ユリビス？）

ユリビスをずっと見ていたが、喋《しゃべ》ってはいなかった。それに、耳飾りから声が聞こえた気がする。

「ユリビス……何をしてるの？」

「うーん、ちょっと、宿題！」

ユリビスはチェストを開け閉めしたり、鏡台の裏を覗き込んだりしている。

《騎士さん、見つけるの上手なんだよね。家具の後ろだとすぐにバレちゃうかなぁ？　でも、他に隠れるところがないよ……あっ！　カーテン！》

再び耳飾りから声が聞こえた途端、ユリビスはバルコニーの扉横についているカーテンを被った。そしてくるくると回転する。

耳飾りから聞こえる声とユリビスの言動が一致していることに、クララは首を傾げた。

「お母さん、僕はここにいないって言ってね！」

「え？」

白い紗のカーテンは、ユリビスの影がくっきり浮き出ている。本人は隠れているつもりなのかもしれないけれど、バレバレだ。

誰かとかくれんぼでもしているのだろうか。先ほどの不思議な声では「騎士さん」と言っていた。

クララが考え込んでいると、扉を叩く音とともに低く掠れた声が聞こえた。

「お休みのところ失礼します。近衛騎士団所属のマルクルです。入ってもよろしいでしょうか？」

「どうぞ」

立派な髭《ひげ》を蓄《たくわ》え、大きな体躯《たいく》をした壮年の男性マルクルは、ユリビスの剣術の指導者だ。確か十年前に近衛騎士団長を引退し、その後は指導役として騎士団に在籍していると聞いた。

「突然お伺いしてしまい申し訳ありません。すぐに出ていきますので」

クララに一声かけて、マルクルは真っ直ぐにバルコニーへ向かう。

《ふむ、今回はカーテンの中か。もし敵が襲ってきたらどこに隠れるかの訓練だが……まぁ三回目にしては上々だ。観察眼の鋭い小皇子よ》

右耳から今度はマルクルの声が聞こえた。

クララが内心で驚いていると、マルクルは厳《いか》つい見た目とは裏腹に、優しく「小皇子、見つけましたよ」と声をかける。ユリビスは再びくるくると回って、カーテンから抜け出した。

「えぇぇ、早いよー！」

「布の中とは考えましたね。けれど、素材によっては透けて見えることもあるんですよ」

「あっ……本当だ……」

「しかし出入り口の近くというのは良い判断です。頃合いを見て逃げやすいですし、味方に助けてもらいやすい。ですので、今回の課題は合格です」

「やったあぁっ！」

「では授業の続きに戻りますよ」

飛び跳ねて喜ぶユリビスを連れて、マルクルはクララに深く一礼すると、二人は剣術の訓練へと戻っていった。

クララはそっと右耳たぶに触れる。

（わかったわ。これは、心の声が聞こえる魔法道具なのね……！）

とんでもないものを持ち出してしまったと、クララは頭を抱えた。

夜になり、夫婦の寝室でクララは最愛の夫を待っていた。

耳飾りの魔法道具はハンカチに包み、テーブルの上に置いている。

(ライ様の執務室から持ってきてしまったと、正直にお伝えするわ。隠して、もしバレたらまたとんでもないお仕置きをされてしまうもの……!)

ユリビスは余所《よそ》の子だと嘘をつき、ライオネルの子どもである事実を隠していたことへのお仕置きは、相当なものだった。二度と同じ轍《てつ》は踏むものか。

魔法道具を勝手に持ち出した罪よりも、ライオネルに隠し事をするほうが罪深いのである。

やがて、寝支度を終えたライオネルがやってきた。湯上がりだからか、頬が少し紅潮している。

「ライ様、本日もお疲れさまでした」

「うん。クララもお疲れさま。迎えに行けなくてごめんね。体は平気?」

「はい。ゆっくり休みましたので」

ライオネルは流れるような所作でクララの腰を引き寄せ、ソファに横並びに座った。広々としたソファなのに、ぴったりとくっついている。

「聞いたよ、また馬車の中で寝たんだって? きちんと横になって休むようにとあれほど言ってるのに」

「だって、早くライ様に会いたくて……」

「っ……」

ライオネルは唇を尖らせ、「そんなかわいいこと言われたら怒れなくなるよ」と呟《つぶや》いた。

「それに治療の件数を制御してくださっていますから、全然しんどくないですよ」

「北部の神殿に勤めていたときと比較してはいけないよ。あれは異常だったんだから。聖女として帝国民を救いたいという心意気は素晴らしいけれど、俺はクララが一番大切なんだ。だから絶対に無理はしないと約束して」

「はい。きついときは必ず伝えますから」

クララはそう言って、そっとライオネルの手の甲に手のひらを重ねる。

ライオネルはふぅ、と一息ついて、クララにもたれかかる。

「クララのそばにいると落ち着くな……」

「ふふ。私もです」

クララが黄色がかった金髪を梳《くしけず》ると、まだほんの少しだけ濡れていた。

白状するなら今だと、クララは耳飾りを手に取った。

「ライ様、お話があります。この透明の耳飾りなのですが……」

「ん、何これ？　耳飾りなの？」

ライオネルは首を傾げた。

「これを……ご存じないのですか？」

「随分と地味な耳飾りだね。まるで子どもの玩具みたいだ。クララがつけるには少し物足りない気がするけど？」

まさかライオネルが魔法道具を把握していないとは思っていなかった。確かに目印も効力の記載もないから、忘れてしまっていても仕方ないのかもしれない。

ライオネルは小さな珠をクララの手のひらから摘《つま》み上げると、青髪をかき分け、右耳につけた。

「ライ様、これは……っ」

「クララは飾りがあろうがなかろうが関係なく綺麗だ」

ぎゅうっと抱きしめられて、腕が動かせない。

《あーかわいい。なんで俺の婚約者はこんなにかわいいんだろう。ずっと抱きしめていたい。離したくない》

突然耳に響いたライオネルの陶然とした甘い声に、脳が溶けそうになる。

（ふあぁああっ、ライ様の心の声が聞こえて……っ、ど、どうしよう……！）

相変わらずクララ一筋の心の声に、内心喜んでしまう。

ずっと聞いていたい。でも勝手に心の内を覗き見するなんて失礼だし……と複雑な気持ちが入り混じる。クララは動揺を悟られないように目を閉じた。

《やばい……ムラムラしてきた。もう襲っていいかな。いいよね。そもそもかわいすぎるクララがいけないんだから》

どういう原理なの！　と心の内で反論した途端、ソファに押し倒されて、端整な顔が近づいてきた。

「クララ、大好きだよ」

左耳から甘ったるい囁《ささや》きが吹き込まれて、ぞくりと背筋に甘美な痺れが走る。

《今、びくんってした……かわいい。もっといやらしく乱れているところが見たいな》

右耳と左耳の双方からクララを切望する声が聞こえて、まるでライオネルが二人いるかのように錯覚する。

――本当に好き。どうしよう、好きすぎておかしくなりそう。ねぇ、もっと深く愛し合おう……？

今耳に届いているのが本当の声なのか心の声なのか、頭が混乱してわからなくなる。

「らいっ、さま……！」

「クララ、いやらしい顔してるって自分で気づいてる？」

「そんなことな……ああっ⁉」

寝衣の裾を捲《まく》った大きな手に、股の間を撫でられる。下着越しにもかかわらず粘着質な音がして、クララは真っ赤になった。

「ここ……すごいことになってるよ？」

「い、言わないで」

「どうしてこんな風になるの？」

「どうしてって……ライ様が誘惑してくるから！」

クララは下唇を噛み締め、涙を溜めた瞳で鋭く睨む。

すると、なぜかライオネルは嬉しそうに嗤《わら》った。目の前に好物の獲物をぶら下げられた、肉食獣の目をしている。

《優しく抱いてあげるつもりだったけど……久々に啼《な》かせたくなっちゃったな》

聞こえてきた恐ろしい言葉に、思わず「えっ」と声が漏れた。

「じゃあ、耐久戦といこうか」

「たい、きゅう……？」

「俺とクララ、どっちが我慢できるか」

ライオネルは舌舐めずりをしながら、上衣を脱ぎ捨てた。次いでクララの寝衣もすべて剥ぎ取ってしまう。完全にライオネルの獣スイッチが入ったようだ。

耳飾りを返すはずが、それどころじゃなくなってしまったことに、クララは目眩《めまい》がした。


「——っ、ひっ、あ……！」

「だめだよ、勝手に気持ち良くなっちゃ」

ベッドへ移動して、後ろから抱きしめられる。

胸の先を指の腹で優しく捏ねられながら、同時に蜜園をくすぐられる。あわいから溢れる潤滑液がぬるりと肌の上を滑って、甘美な刺激を生んだ。

芯を持った小さな突起を指が掠めると、それだけで敏感に反応して腰が浮き上がる。

《もうとろとろだ。今、この中に挿《い》れたらすごく気持ちいいだろうな。想像するだけでも射精しそう……あぁ、でも我慢……》

ライオネルの心の声を聞きながら、さっきから達しそうになると手を止められ、衝動が落ち着くとまた高められて……を繰り返されている。

「あっ、ああー……っ！　ん、ぁ……」

「かわいい。頑張って我慢して」

だんだんと体が敏感になって、わずかな刺激だけでも達しそうになる。ツンと鼻の奥が沁みて、今にも泣き出してしまいそうだ。

《勃ちすぎて痛くなってきた……。早くクララの中に入りたい。俺のを全部挿《い》れて、何度も何度も突いて……子宮にありったけの子種を注ぎたい》

その声が聞こえた瞬間、ぞくぞく、と背筋に電流が流れた。

――あ、なにこれ、キちゃう……っ！

軽く達してしまい、きつく彼の腕を握りしめて体をくねらせる。快感を逃がそうともがけばもがくほど、気持ち良くなっているとライオネルに知らせることになるとは、クララは気づかない。

突然、ライオネルが耳飾りを外した。

「あーあ、我慢って言ったのに。クララの負けだね」

クララは一瞬、何が起きたかわからなくて、ライオネルが耳飾りを自身に装着するところを、ぼうっと見つめる。

「じゃあ今度は、俺がクララの本心を聞く番だ」

「へ……？　あっ、ライ様、耳飾りのこと知って……!?」

「そうだよ。本当は勝手に持ち出したらだめだけど、クララだけは特別に許してあげる。……ほら、どうしたい？　クララの思ってること、教えて？」

ピンッと胸の頂《いただき》を指で弾かれて「きゃうっ」と変な声が出た。

《やぁ……もう我慢いやなの。気持ち良くなりたいの。意地悪しないで……》

淫《みだ》らな要求を望む心の声が止まらない。それをライオネルに聞かれているという状況に、クララは羞恥《しゅうち》に打ち震えた。

「これ……かなりクるね。俺もやばいかも」

「聞いちゃだめっ、外して……！」

「どうして？　クララは俺の心の内を存分に堪能したのに。不公平だよ」

「あ……っ！」

シーツの上に押し倒され、蕩けた蜜穴に雄の先端があてがわれる。わずかな面積が触れているだけなのに、熱くて硬いことが伝わってくる。

《あっ、すごく大きい……早く、早く中に来て。お腹の奥をライ様で埋めてほしいの……っ》

ライオネルの熱に浮かされて、快楽を貪《むさぼ》りたくてたまらなくなる。

クララは弱々しく首を横に振って「聞かないで……」と呟《つぶや》いた。

「そんなに嫌なら、ここでやめる？」

屹立の窪みを入り口に擦《こす》り付けながら、ライオネルが意地悪な提案してくる。

雄はビクビクと小刻みに震え、今にも泥寧《ぬかるみ》に埋まりたいとばかりに透明液を垂らしていた。

《やだっ、お願い、挿《い》れて。二人で気持ち良くなりたいの。ライ様と深いところまで繋《つな》がりた

い……》

淫《みだ》らな気持ちを覗かれているとわかっていても、もう理性が働かない。

――ライ様が好き。もっと触れたい。もっとくっつきたい。

クララは自《みずか》ら脚を広げて、指で秘裂を左右に広げた。聖女の淫乱な姿に、ライオネルの喉仏が大きく上下する。

「こんな……もうやだ……」

ぽろりと涙が頬を伝っていった。

欲情を滲ませた紫水晶の瞳を見つめる。

《もう我慢できない……っ、挿《い》れて、いっぱい突いて。おかしくしていいから、めちゃくちゃに抱いてほしいの――》

心の声を聞いただろうライオネルは、興奮を露《あら》わにして恍惚と嗤《わら》うと、クララの腰をがしりと掴んだ。

「はあ……最高にかわいいよ――!」

「あああぁああっ!」

ずんっと重たい衝撃に貫かれて、瞼《まぶた》の裏がチカチカと点滅する。長らく待ち望んだ快楽に、全身が歓喜に震えて熱杭を食い締めた。

「う、気持ち良すぎ……。いっぱいしてあげる。ほら、奥好きでしょう?」

「ひっ――!」

ぐ、ぐ、ぐ、と腰同士を擦《す》り合わせて突き上げられて、内臓が持ち上がる。肉襞が竿に淫靡《いんび》に絡みついて、搾り取ろうとする。

《あっ、それ気持ち良すぎてだめ……っ！　すぐおかしくなるっ！》

大きな快楽の波に呑まれて、クララの腰の痙攣《けいれん》が止まらない。

「めちゃくちゃに抱いてって言ったのはクララだよ……！」

思ったけど、言ってはないいいぃ……！

そんな気持ちも陶然とした頭ではもう心の声にもならず、ひたすら重くて深い悦楽を浴びる。

《らいさまっ、すき。また、また、クる。すごいのクるっ……！》

唇を塞ぎ舌に吸いつきながら、ものすごい速さで律動を繰り返すライオネルによって、クララは幾度《いくど》となく絶頂に達した。

「魔法道具《これ》、いいね。キスしていてもクララのいやらしい声が聞ける。もっと早くから使えば良かった」

「んあぁ……！」

「う……っ、もう、締めすぎ。気を抜くとすぐ果ててしまいそうだよ……っ」

体位を変えて猛然と突き上げられ、達しても達しても終わらない。

苦しいのにまだ欲しくて、辛いのにもっと深いところまで来てほしい。

清らかで淑《しと》やかな聖女でありたいと思う一方で、欲に溺れた女の欲望が抑えられない。

口にしてもしなくても、結局はすべて相手に伝わってしまう。とうとう、いつもなら言葉にできないような卑猥な望みが口からこぼれてしまった。

「なかにっ、だして。らいさま、ほしいの。わたしのなかに、いっぱいだして——っ！」

「あぁ、クララ、それは反則——……！」

思いきり掻き抱かれて、体が密着する。深く繋《つな》がったまま、最奥に熱い飛沫《しぶき》が爆《は》ぜた。

《熱い……ドクドクしてる……》

震えながら精を吐き出す熱杭に、中がきゅうっと締まる。ライオネルはゆるゆると腰を振り、最後の一滴までクララの中に吐き出した。

「はぁ……すごく悦かった……。これからは毎回これつけてシようね」

むり、断固拒否です……と思いながら、クララの瞼《まぶた》が下りていく。

まさか小さな耳飾りからこんなことになるなんて予想もしていなかったクララは、疲れ切って深い眠りに落ちた。

エピローグ

皇宮の大正門が開かれ、中にある広大な広場には、色鮮やかな花が飾られている。皇家の紋章の旗があちこちに上がり、賑やかな祝福ムードが漂っていた。

一般市民にも開放された広場には、すでに多くの帝国民が押し寄せており、地面が見えないほどだ。

「皇子様と伝説の聖女様のご結婚なんて、本当に素敵だわ。まるでおとぎ話みたいじゃない？」

「しかも、皇家と神殿から結婚を認めてもらえなかったから、仕方なく皇子様は聖女様と小皇子様を守るために、何年間も聖域と皇宮で遠距離恋愛をされていたのでしょう？」

「一途な愛を貫かれて、ようやくお二人は結ばれるのね……！」

巷《ちまた》では伝説の聖女クララと第二皇子ライオネルの恋物語が一部——どころか大幅に修正され、小説化や舞台化までされている。

身分差を乗り越え、高い障壁を乗り越え、愛を貫き続けた二人は帝国民の憧憬の的となった。

帝都では二人の結婚を祝う祭事が、一週間以上続いている。クララの湖の女神のような見た目を連想してか、皆一様に青いリンドウの花を掲げていた。

長年、慈愛の聖女の能力を見抜けなかった神殿への猜疑心を、二人の情熱的な恋物語で塗り替える。帝国民の関心を上手くすげ替えたな……とミドルは感心する。

ライオネルの悪友でもあるミドルは、ホーギア国から祝意を伝える国賓として、ビアト帝国に招かれていた。

婚礼衣装に身を包んだライオネルとクララが姿を見せると、わあぁぁっと歓声が上がった。

ライオネルの腕の中には、小皇子ユリビスが抱かれている。

三人が集まった目下の帝国民らに手を振ると、また一層歓声が沸いた。

「まさか、ライに隠し子がいたなんてね……」

「あああああっ、クララ姉様が尊《とうと》い……美しい……ユリビス様の金色の瞳に映りたい……！」

同じく国賓として招待されているワグ国第一王女のネネットは、扇子を握りしめながら三人の姿を羨望の眼差《まなざ》しで見守っている。

ギリギリとすごい音がしているが、よほど頑丈な扇子なのか、骨は折れていないようだ。

「一人の女と結婚なんて、もったいないね」

ミドルがポツリと呟《つぶや》くと、隣に座っていたネネットがものすごい形相で睨んできた。うさぎのぬいぐるみのような愛くるしい見た目からは想像できない睨みに、プハッとミドルは声を上げた。

「ネネット王女、すごく不細工な顔をしているよ？」

「ええ、ミドル王太子殿下の発言があまりにも不快でしたので」

「笑うと可愛いのに～。ほら、ニコッてしてごらん。ニコニコー！」

「嫌です」

頬に人差し指を突き刺してくるミドルを無視し、ネネットはすぐさまクララたちに視線を戻した。

クララがリンドウの花束を持ち、それらに銀色の光を纏《まと》わせる。花束から手を離すと、リンドウの花が風に舞い散った。集まった国民へ降り注ぐように、女神の祝福が分け与えられたのだ。

まるで絵画のような神秘的な景色に、広場にいる全員が一瞬息をするのも忘れてしまう――ただ一人、ミドルを除いて。

「女性は本当好きだよね、一途な純愛物語。俺にはただの監禁拘束物語としか思えないよー」

「ミドル王太子殿下、そろそろお口に詰め物しますわよ？」

「えっ！　なになに！　なに詰めてくれるの！　ネネット王女のハンカチ？　下着だとより嬉しいんだけどっ」

「は？　気持ちわるっ‼」

ミドルの発言に本気で嫌悪感を示すネネットの前に、大きな背中が立ちはだかった。

「ご歓談中失礼します。ただいまお披露目の最中ですので、ご静粛に願います」

深緑色の髪をした護衛騎士が、ネネットを守るように視界を遮《さえぎ》った。ちらりと一瞬見えたネネットの横顔が、薄紅色に染まっている。

「ああ、ごめんね。久々の異国で気分が上がってしまったみたいだ。君は確か、ライの側近だったね」

「はい。ゾアード・ネングァーソと申します」

「ライに結婚祝いを持ってきたんだ。直接渡したいから、あとで時間を調整しておいてくれる？」

「ホーギア国からは、すでにお祝いの品をいただいておりますが……」

「それとは別に、さ。友人としてね」

ミドルがにこやかに片方の目を閉じると、ゾアードは不審そうに眉を寄せ、「……承知しました」と頭を下げた。

どうやら、ミドルからのプレゼントが碌《ろく》でもないものだということを察しているらしい。さすがはライオネルの腹心だ。

「ライが結婚かぁ。俺もそろそろ考えないとなー。ライの側近くんは奥さんいるの？」

「おりません」

「婚約者は？」

「おりません」

「ライにこき使われて可哀想に……嫌になったらいつでもホーギア国においでよ。歓迎する」

「お気持ちだけ、いただいておきます」

突然の質問に一切表情を変えないゾアード。それを見たミドルはなんだか揶揄《からか》いたくなった。

「そうだ。隣にいるネネット王女なんかどうよ？　可愛らしいお姫様はタイプじゃない？」

「……いえ……素敵な女性かと」

ゾアードは喉仏を大きく上下させながらも答える。無愛想な表情は変わっていないが、意外とわかりやすいところもあるようだ。

ネネットは扇子で顔を隠して俯《うつむ》いているが、耳が真っ赤になっている。

ミドルは椅子の背もたれに寄りかかり、長い脚を組み替えた。

「うーん……面白くないなぁ」

「はい？」

「ううん、ただの独り言」

ミドルは息を吐き出し、雲ひとつない大空を見上げる。

自由こそすべてだと思っていたけれど、意外と一人に縛られるのも悪くないかもしれない……と密かに思うミドルだった。

◆　◆　◆

「本日の結婚披露祝賀会の式次は、これにてすべて終了でございます」

友好国の国賓や高位貴族を招いた晩餐《ばんさん》会が終わり、皇族の退室に合わせてクララたちも席を立った。

中央神殿での挙式に始まり、帝国民へのお披露目、貴族らを招いたパーティーと、とてつもなく忙しい一日だった。

煌《きら》びやかで豪奢《ごうしゃ》な衣装を何着も脱いでは着て、笑顔を貼り付けて挨拶《あいさつ》をして。頑丈なクララですらクタクタなのに、六歳になったばかりのユリビスはさぞ疲れたことだろう。

「よく頑張ったな、えらいぞユリビス」

「うん……でも、もう眠いよぉ」

ライオネルは目を擦《こす》るユリビスを抱き上げた。護衛騎士を引き連れて、皇宮内を歩き出す。

「寝支度したら、すぐに寝なさい。明日は寝坊していいからね」

「うん……授業は？」

「明日はなしにしたから、ゆっくり休んで」

皇家の一員として皇族教育を受けているユリビス。皇宮に来てまだ一年ほどだけれど、少しずつ小皇子としての自覚が芽生えてきたようで、熱心に勉学や剣術に取り組んでいる。

元々好奇心が旺盛で活発な性格のユリビスは、新しいことを学ぶのが楽しくて仕方がない様子だ。

ユリビスの部屋の前まで来ると、ライオネルはユリビスを優しく下ろし、待機していた女官らに託す。

「疲れているから、よく休ませてあげてね」

「かしこまりました」

いつものように就寝のハグをして、愛を伝える。

「じゃあね。愛してるわ、ユリビス。おやすみなさい」

クララはライオネルとともに第二皇子夫妻の部屋に戻ろうと、踵《きびす》を返す。すると、ツン、とドレスを引っ張られた。

「ユリビス？」

「あのね……今日だけでいいから、僕、お母さんとお父さんと一緒に寝たい……」

顔を伏せたまま、ユリビスはクララのドレスを離さない。

聖域にいた頃は、年頃の男の子らしく自由奔放でやんちゃなところがあった。けれど、皇宮へ来て小皇子となってからは、高貴な立場の人間として振る舞うように努力していた。我儘《わがまま》一つ言わず、皇族教育にも熱心に取り組み、息子の急成長ぶりにクララは大変驚いていたのだが。

（やっぱり、寂しかったのね……）

チラリとライオネルを見上げる。ライオネルもクララと同じことを思っているようで、穏やかに頷いた。

（結婚式のあとだから、初夜の営《いとな》みがあるのかと思っていたけれど……ユリビス優先ね）

クララとライオネルはしゃがみ込み、ユリビスの顔を覗き込んだ。

「ごめんね……寂しい思いをさせちゃって」

「遠慮することはない。ユリビスは俺とクララに甘えていいんだよ」

柔らかな金の髪を撫でると、引き結ばれていた唇が綻《ほころ》ぶ。

小皇子として、たとえ親に対しても我儘《わがまま》を言ってはいけないと思い込んでいたのかもしれない。

ライオネルは再びユリビスを抱き上げた。

「よし、一緒に寝よう！」

「えへへっ、やったぁ！　ありがとう、お父さん、お母さん！」

嬉しそうに笑うユリビスに釣られて、笑顔になる。

（私たちは、ユリビスを蔑《ないがし》ろにしてまで優先するものなんてないわ）

三人で、第二皇子夫妻の寝室へ向かう。新しく誂《あつら》えたライオネルとクララの部屋は、二人で過ごすには十分すぎる広さだ。部屋には赤や白の薔薇《ばら》が至るところに生けてあった。

「今夜はユリビスと三人で過ごす。そのように準備してくれ」

初夜を意識してか、キャンドルが灯されてムーディーに演出されていた。使用人たちの心配りを無下にしてしまって申し訳なく思う。

三人とも重たい衣装を脱ぎ、身を清める。寝支度が整うと、ユリビスを真ん中にしてベッドに横になった。

「こうして三人で寝るのは初めてだな」

「ふふふっ。ねぇ、手を繋《つな》いで寝てもいい？」

「もちろんよ」

ユリビスは終始嬉しそうに頬を綻《ほころ》ばせている。

片方の手をクララ、もう一方をライオネルと繋《つな》いで、ユリビスは目を瞑《つぶ》る。クララは自身の小さな手にすっぽりと収まる柔らかな手を、ぎゅっと握りしめた。

「良い夢を。ユリビス」

すると、ものの数十秒でユリビスから規則正しい寝息が聞こえてくる。

「よっぽど疲れてたんだな」

「六歳になっても、寝顔は赤子のときから変わりません。可愛い……」

ライオネルと愛息子の寝顔をじっくりと堪能する。

「初夜は明日にお預けだな」

「初夜……といっても今さらな気もしますが」

「一応慣習だから」

頻繁に睦《むつ》み合い、すでに子を産んでいる身でも結婚式後の初夜は必須らしい。

「クララ」

身を乗り出したライオネルが近づいてくる。クララは当たり前のように目を閉じて口づけを受け入れようと、頭を持ち上げた。

「あっ、おと、さん……おか、さん。それぼくの、いちご……」

突然ユリビスの声にビクッと体が硬直する。

恐る恐る見れば、ユリビスは目を閉じたまま眠っている。どうやら寝言だったようだ。

「ふっ、ふふっ」

ユリビスの向こうにいるライオネルと見つめ合い、声を押し殺して笑う。

「愛してる、ユリビス」

二人は両側から、ユリビスの柔らかい頬にキスをした。

番外編

最強で最高の旦那様と息子

いろんな言語が飛び交う、異国情緒溢れた街。色とりどりに塗られた建物の窓辺は、どこも花が飾られている。

街行く人々は顔立ちから服装まで多様な外見をしていて、異国へ来たことをひしひしと感じる。

「わぁ……！　すごいよ！　右を見ても左を見ても、全然違うっ！」

「ユリビス、ちゃんと座って。馬車の中で飛び跳ねたら、お馬さんがびっくりするでしょう？」

「あっ、そうだね……」

クララが注意すると、ユリビスは大人しく座席に腰を下ろした。

「ホーギア魔術大国は子どもにとって魅力的な国に映るだろうね。俺も小さいとき、ホーギア国の王子になりたいと両親に駄々を捏ねたことがあったな」

クララの向かい席に座るライオネルも、懐かしげに車窓から外を眺めて言う。

「ふふっ、ライ様も我儘《わがまま》な男の子だったんですね」

「僕はビアト国の皇子がいいよ！　だってお父さんと一緒がいいから！」

「ふっ、ありがとう、ユリビス」

ライオネルは愛息子の頭を撫で、再び多くの人が行きかう街並みに目を向けた。

結婚後初めての隣国での公務のため、クララはライオネルとユリビスとともに、ビアト帝国の南に位置するホーギア魔術大国へやってきていた。

友好国の首都を観察しながら、高く聳《そび》え立つ王城へ向かう。

国賓として招かれているので、三人ともきちんとした正装姿だ。ライオネルは濃紺を基調に水宝玉の宝石があしらわれている豪奢《ごうしゃ》な一着で、ユリビスも同じ色合いで仕立てた服を着ている。クララは数種類ある聖女服の中で、式典の際に使われる最も絢爛《けんらん》な一着を身に纏《まと》っていた。

今回、ホーギア国の国王レミルが謎の体調不良に見舞われ、その治療のために慈愛の聖女であるクララが招待された。結婚して間もないこともあり、新婚旅行も兼ねて家族みんなで隣国へやってきたのだ。

「陛下のご病気が大したことのないものであればいいのですが……」

南のホーギア大国は魔術が発展した国で、聖女はいない。神聖力ではなく、魔術によって作られる治癒ポーションで治療を行うのが一般的だ。

国王の病気はその治癒ポーションでは完治に至らなかったようで、今回ビアト帝国に救いの手を求めてきたのである。

「ワグ国でも不穏な動きがあるし、油断はできない。身の回りには十分気をつけないと」

現在、周辺各国では不穏な動きが度々見られている。聖女信仰の厚い北のワグ国では、慈愛の聖女以外の聖女には治癒ができない特殊な毒が見つかり、それがビアト帝国にも入ってきたのだ。

（そういえば、クリスティーナ様の事件もあったわ……）

今から二ヶ月ほど前、ライオネルとの結婚式の前の出来事だった。帝都中央神殿に聖女のお勤めに来ていたクララは、礼拝堂へ向かう途中、大神官に呼び止められた。

『クララ様。お勤めの前に、少しお時間いただけますでしょうか』

その表情は硬く、何やら思い詰めている様子だった。

大人しく大神官室についていくと、驚くべき事実を告げられた。

『ええっ!? クリスティーナ様が拘束されたって一体どうして……！』

『非常に残念です……』

なんと、帝都中央神殿に所属する一人目の聖女クリスティーナが、悪事に加担した罪で捕まったと言うのだ。

クリスティーナは公爵家の令嬢でもあり、気品に満ち溢れた美しい女性だ。クララが慈愛の聖女だと判明する前までは、皇族の治癒を担当するほどの地位と実力があった。神殿内でも一目置かれている存在で、帝国を代表する聖女の一人である。

クララとはこれまで接点はなかったけれど、今後はクリスティーナと手を取り合い、ともにビアト帝国の発展に貢献できたらと思っていたのだが……

『あまり大きな声では言えませんが』と前置きして、大神官はクララに耳打ちした。

『ワグ国で〝神聖力が効かない毒〟が見つかっておりまして、どうやらその生成を援助していたようなのです』

『神聖力が効かない毒……』

クララはゾアードの右肩を治癒したことを思い出す。

細胞を喰い荒らし、少しずつ壊死させる毒を取り除くのはかなりの力を使った。

『神聖力が効かない毒とは、どのように作られるのでしょうか？』

『それは未だにわかっておりません。噂では黒魔術によるものだとか、はたまた地獄に生えている花の毒だとか言われておりますが……。クリスティーナ様は援助をしていただけで、直接毒の生成に関わっていたわけではないので、詳細はわからずじまいです』

恐ろしい毒が野放しで広まりつつある現状に、クララは身震いした。

『神聖力が効かないといっても、クララ様の御力であれば治癒は可能ですが。それでも、たくさん広まれば治癒が間に合わなくなる危険な毒です。クリスティーナ様は一体どうしてそんなことをしてしまったのか……その毒で誰か殺《あや》めたい人物でもいたのでしょうか。ああ……また神殿の尊厳が損なわれてしまった……』

帝国で人気を集める聖女の不祥事は、神殿の混乱を招くほどの大事件だった。二ヶ月が経った今は、新たな聖女が就任して落ち着きを取り戻しているが、未だにクララの心に強く残っている。

「常に警戒心は持っておかないといけませんね」

馬車の窓に張りついているユリビスの横顔を眺めながら、クララはぴしりと姿勢を正す。

今回の公務は、護衛を大幅に増やして万全の体制をとっている。普段は武装しないライオネルも、緊急事態に備えて常に帯剣していた。

「お父さん見て！　何か煙がもくもくしてるよ！　火事⁉」

「あれは火事じゃなくて、香木を燻《いぶ》してるんだよ」

「コウボク？　イブシテル？」

「燃やすといい香りがする木なんだ。料理に使ったりもするよ」

窓の外を指差すユリビスに、ライオネルがホーギアの文化を説明する。

「へぇー……はっ……お父さん、耳貸して」

何やら二人は耳に手を当ててコソコソ話をし始めた。

(随分と仲良くなって……まるで兄弟みたいな親子ね)

見た目も性格もそっくりな二人を見ながら、クララは思わずくすりと笑ってしまう。六年という親子のブランクは全く感じられない。

「――わかったよ。ユリビスはえらいな」

「えへへっ。お父さんとの約束だから！」

「約束？　お母さんにも教えて？」

「だめだめっ、男同士の秘密だよ！」

クララが訊《たず》ねるも、ユリビスは拒否した。悪戯《いたずら》っぽくくしゃりと笑うところも、ライオネルそっくりだ。変に愛が重すぎるところは、似ないといいけれど……と息子の将来を憂う。

「お父さん、ピンク色の目のキラキラした男の人は、お友達なの？」

「あぁ、ミドルは俺の友人だよ。一応この国の王太子だ」

「じゃあお母さんは、お父さんかピンクの人のそばにいてね！」

「ユリビス、俺がクララを離すわけないだろう？」

「あー、それもそうかぁ」

「えっ、どういうことなの、ユリビス？」

クララだけが除け者になって話が進んでいる。首を傾げていると、ライオネルが自身の左目を指さした。その動作でハッと理解する。

（ユリビスの未来予知の目……！）

慈愛の聖女が産んだ子に宿る女神の能力。ユリビスの場合、左目の金色の瞳は未来に起こる出来事を視ることができるのだ。

そのユリビスがライオネルから離れるなと言うのなら、クララは受け入れるほかない。

「わかったわ。ユリビスも勝手に一人でうろうろしてはだめだからね」

「うん、わかったよ！　お父さんとお母さんのそばにいる！」

「ユリビスとクララは俺が絶対に守るから。王城に着いたら、改めて警備体制を強化するよう進言するよ」

ライオネルはそう言ってユリビス、次いでクララの頭を撫でた。彼の手のひらからぬくもりを感じるだけで、簡単に不安が小さくなっていくから不思議だ。

そんなやり取りをしているうちに、一行は無事に王城へ到着した。

案内役に従って王城を歩く。横に広いビアト帝国の皇宮とは異なり、ホーギア国の王城は縦に広い。上下に床が動く不思議な魔法道具を使って移動する。

長時間の馬車移動とこの王城の魔法道具ではしゃぎすぎたユリビスは、客室へ入るなり眠ってしまった。クララたちは最上階へと案内される。辿り着いた謁見の間の扉前で、ライオネルは腰に提げていた剣を騎士に預ける。

まずはホーギア国の王族の方々への挨拶《あいさつ》だ。

「クララは極力会話しなくていいから」

「え？　でも王族の方々に失礼があっては——」

「大丈夫、ホーギア国は礼儀にうるさくないから。もし何かされそうになったら、容赦なくヤっていいからね」

「へ？」

(ヤるとは……？)

ハテナマークが頭に浮かぶ中、重厚な扉が開かれる。

ガラス張りの広い部屋は、まるで空に浮かんでいるかのようだった。太陽光が燦々《さんさん》と降り注ぎ、乱反射してキラキラと眩《まぶ》しい。

明るさに目が慣れてくると、その部屋には誰もいないことに気がつく。

「ライオネルさ……」

夫を呼ぼうとしたとき、誰かの腕がクララの首に巻きついた。ぐっ、と体を強く後方に引かれる。

「ははははっ！　隙だらけじゃん。ライの腕も落ちたねぇ！　幸せボケってやつ？」

「ミドル、お前なぁ……！」

ライオネルが鋭利な目つきでミドルを睨む。会話から察するに、後ろからクララを囲っている腕の持ち主はこの国の王太子であるミドルのようだ。

クララは、凄んだライオネルを初めて見た。

（まるで騎士様みたいで、ちょっとかっこいいかも……）

ミドルの腕に囚われながら、新たな夫の一面に惚れ惚れしてしまう。乱暴な言葉遣いも、なんだか新鮮で胸がときめく。

ヒュン、と何やら黒いものがミドルの頭上を掠める。先端が尖った矢のような暗器だ。

「危なっ！　やっぱりまだ武器持ってるじゃん。謁見のときは武器を預けなきゃいけないって習ったの、忘れた？　ビアト国の皇族教育はどうなってるのかなぁー」

「うるさい。クララを返せ。さもないと今度は当てる」

「ああー、愛に堕ちた男はこわいこわい」

ミドルはケラケラと笑ってクララを解放した。

すかさず、ライオネルはクララを引き寄せる。ミドルが触れたところを、汚れを落とすみたいにパッパッと払った。

「ひどいっ！　人を汚物みたいに！」

「俺のクララが汚れる」

「もう、ライオネル様……」

ライオネルはもう三十歳になったというのに、まるで大人げない。

「武器はちゃんと預けてね」と促され、ライオネルは渋々警備の騎士に残りの暗器を渡した。

「じゃ、仕切り直して――僕の名はミドル・ケイ・ホーギア。父のために遠いところわざわざ来てくれてありがとう」

濃紫色の長い髪を一つにまとめ、桃色の瞳を輝かせたミドルは甘い顔立ちの美丈夫だ。右目下にある泣きぼくろが色っぽい。

魔法道具か単なる装飾具かわからないけれど、たくさんの耳飾りや首飾り、指輪などをつけていた。繊細な刺繍《ししゅう》や宝石で豪華に着飾るビアト帝国とは異なり、ホーギア国では小物で華やかさを演出するようだ。動きに合わせてふわりと広がるローブが、いかにも魔術大国らしい雰囲気を醸《かも》し出している。

最上礼で挨拶《あいさつ》しようとするクララに、ミドルは「堅苦しいのはやめようよ」と言って相好《そうごう》を崩した。

「ライ。また会えて嬉しいよ」

「正直、ミドルは通信の魔法道具で話すくらいの距離感がちょうどいいんだけどな」

「そんな冷たいこと言わないでよー！　寂しいじゃん」

「くっつくな、暑苦しい」

気兼ねなく軽口を言い合う二人から、仲が良いことがよく伝わってくる。

（こんなに素を出しているライ様、初めて見るわ）

クララに対して見せる表情とはまた違って、少年のような顔をしていた。

「サクッと挨拶《あいさつ》も済んだことだし。移動で疲れてるよね。休憩してから、また改めて父の病状を――」

「いえ、今すぐにレミル陛下の治療をさせてください。今も苦しんでいらっしゃるというのに、のうのうと休憩などできません」

クララが声を上げると、ミドルは一転して顔を引き締めた。

「本当に……噂通りの美しい心の聖女様だね」

飄々《ひょうひょう》と振る舞ってはいたけれど、国王の病気を心配していたのだろう。ミドルはクララへ最上礼をして、手を取った。

「妖精のような可憐さを持ちながらも、心の芯は強く逞《たくま》しいなんて素晴らしい――」

「俺のクララに触るな、口説くな」

ミドルの手を払いのけて、再びライオネルはクララの腰を引き寄せた。

「もう、ライは狭量だなぁ。これくらい、いいでしょ」

「ミドルが女に見境ないのが悪い」

「素敵な女性を前にしたら、お近づきになりたいと思うのは当然……ごめん、嘘だよ。怒るなよ、ライ」

ライオネルが殺気を撒き散らし始めたのを瞬時に察したミドルは、白旗をあげた。

「では、慈愛の聖女様。父のもとへご案内いたします」

一国の国王の寝室には最低限の関係者しか入室できないため、ライオネルは客室で待つことになった。

クララはミドルとともに豪華絢爛《けんらん》な寝室に入室した。円形状の不思議な形をした部屋からは、ホーギア国を一望できる絶景が広がっている。

天蓋《てんがい》から垂れる紗を取り払うと、そこには初老の男性が横になっていた。寝衣姿の病人であっても、その力強い目力から一国の主《あるじ》たる威厳を感じる。

「父さん。ビアト帝国から慈愛の聖女様がいらっしゃったよ」

「レミル国王陛下、お初にお目にかかります。クララ・ビアトでございます」

挨拶《あいさつ》すると、国王は来てくれてありがとうとでも言いたげに、ゆっくりと目を瞬《またた》かせた。口元には包帯が巻いてある。

「口の中が痛くて話せないんだ。あとは腰まわりも痛くて、起き上がることも難しいみたい」

「そうですか、それは大変お辛いですね……。すぐに治癒します。力を抜いて楽にしてくださいね。では、失礼します」

クララはレミルの体の上に手のひらをかざし、目を閉じた。そして、胸の奥底から神聖力を呼び起こす。小さな手のひらから銀色の光の粒が舞い、レミルの全身に溶けていく。

(原因は……まさか……)

口と腰まわりの痛みの原因となるものを神聖力で癒し、傷ついた細胞を修復する。

治療が終わると、クララはゆっくりと目を開けた。

「ありがとう、聖女よ……」

掠れた声で感謝を告げるレミル国王に、クララは慈愛の笑みを浮かべた。

「お辛かったでしょう。無理なさらないでください。治療は終わりましたので、もう痛むことはないはずです。安心してお休みください」

普段であれば女神のご加護がありますようにと、患者の快復を祈るが、ホーギア国に女神信仰はない。

クララは国王の手を握り、少しでも早く体力を回復できるように癒しの力を流した。

「へぇ……本当にすごいね……」

治療の様子を見守っていたミドルが感嘆の声を漏らす。

国王が痛みから解放されて穏やかに眠ったことを確認して、ミドルはベッドの目隠し布を下ろした。

「ホーギア国を代表して、慈愛の聖女様に深く感謝します」

ミドルは再び最上礼をして、クララに敬意を表した。

「無事に治療できて良かったです」

「発作は大丈夫？」

「はい。神聖力の消費量からして、おそらく微熱程度の発熱で済むかと思いますので……」

「ということは、父の病気はさほど重いものではなかった……のかな？」

「ええと……」

クララは視線を明後日のほうへ向ける。

（病気の原因は……とても説明しづらいのだけれど……）

言い渋るクララに、ミドルが神妙な顔で促す。

「一応国王だからね。病気の原因ははっきりさせておかないと、臣下たちへの説明もある。詳細を聞かせてくれるかな」

王太子にそう言われては、答えないわけにはいかない。クララは覚悟して病気の原因を伝える。

「陛下はいくつかの病気を同時に発症していました。口の病気は……んんっ、その、複数の女性との性的接触による病原菌への感染でした。下半身は、ええと……クミアラという成分が大量に残留していて、それが原因で不調を起こしていました。治癒ポーションが効かなかったのも、そのせいかと……」

「クミアラ……」

クミアラとは強力な興奮作用のある成分で、主に媚薬に用いられている。

つまりレミル国王は、多くの女性との性行為により性病を患《わずら》い、さらに媚薬の過剰摂取によって体調不良を起こしていた。

「なるほど。複数の要因が重なったことで、大きな体調不良を起こしていたんだね」

「そ、その通りです……」

「クミアラの成分の分解が追いつかないほど、多量に摂取したということか。そりゃ治癒ポーションも効かないわけだ。もう、父さんは何やってるんだよ……」

そうぼやくミドルの前で、クララは気まずくなって顔を伏せた。

ホーギア国は性に奔放だとは聞いていたけれど、まさか一国の主が激しい女遊びのせいで床《とこ》に伏せているなんて思ってもみなかった。

「父には女遊びをほどほどにするよう強く言い聞かせておくよ。今回の件で否が応でも反省するだろうけれど」

ミドルはやれやれと頭を掻いた。

そのとき、神聖力を使った代償で、じんわりとクララの体温が上がる。

「おっと、顔が赤くなってきてしまったね。すぐに休める場所へ案内しよう」

ミドルがいくつかつけている首飾りの中から群青色の石がついたものを手に取ると、クララの体がふわりと持ち上がった。ミドルが身につけている装飾具は、どれも魔法道具のようだ。

「ごめんね、本当は抱き上げて運んであげたいけど、そんなことをしたらライに殺されちゃうからさ。じゃあ行こう」

ミドルが魔法道具を操作すると、クララの体は宙に浮いたまま移動する。

客室に着くと、そこにはライオネルが待っていた。

「クララ！　大丈夫か？」

「はい。でも少し休みますね」

「じゃあ、あとはライに任せて大丈夫、かな？」

「ああ」

クララを横抱きに抱えたライオネルは、勤めを果たして赤く染まった額《ひたい》にキスを落とす。

彼の腕の中にいると、安心して力が抜けた。

「ビアト帝国の協力に感謝する。また改めてお礼させてほしい。今はゆっくり休息を取ってね」

ミドルは首飾りの赤い宝石を回すと、一瞬で姿を消してしまった。

「あっという間に……行ってしまいましたね」

「クララ、大丈夫？　今、服を脱がせるから」

ライオネルはクララの装飾品を丁重に外し、複雑なつくりの聖女服をテキパキと脱がせてくれた。

締めつけから解放されて、少し体が軽くなる。

「ライ様、ありがとうございます」

「どうやら今回の発作はあまり酷くないようだね。病気は軽かったのかな？」

「えっと……いろんな原因が重なっていたみたいです」

病気が病気なので、やんわりと言葉を濁す。

「ところで、ユリビスはどこに……？」

「移動疲れで隣の部屋で眠っているよ。俺がそばについてるから、クララも安心してお休み」

そう言ってライオネルはクララの頭を優しく撫でる。たっぷり甘やかされているうちに、あっという間に夢の世界へと落ちてしまった。

＊　＊　＊

ホーギア魔術大国の舞踏会は一風変わっている。

厳格な階級社会のビアト帝国とは異なり、身分や民族で優劣をつけないこの国は、基本的にすべてが自由だ。服装は好きなものを着て、パートナーも好きに選び、皆思い思いに舞踏会を楽しむ。

王城に到着した翌日の夜、クララたちの歓迎会も兼ねて舞踏会が催《もよお》された。残念ながら幼いユリビスは参加できず、今頃は客室で就寝の準備をしているだろう。

ビアト帝国からの来賓ということで、クララとライオネルは格式高い装《よそお》いをしていた。

クララは稲穂のような明るい黄色のドレスを着用し、紫の金剛石の装飾品で飾っている。

ライオネルはというと、いつもはタキシードなどの皇族らしい夜会服だが、今日は軍服姿だった。鎖環のついた重厚な肩章をつけ、長いマントをはためかせて、まるで大将軍のような威厳を放っている。

(今日のライ様、格好良すぎるんだけれど……！　軍服最高すぎでは!?)

舞踏会場の入り口で待ち合わせをしていたクララは、いつにない夫の姿に見惚れてしまった。

「お待たせ、クララ。今日も一段と美しいよ」

「ライ様、どうして今日は軍服で……？」

「ビアト帝国は軍事国家だからね。ホーギア国ではこっちのほうが盛り上がるし、話題にもなるから。ちなみに剣は飾りだよ」

ライオネルはそう言って、腰に提げている剣の、宝石がたくさんついた柄を見せてくれた。

「クララは、軍服好きなんだね？」

「えっ……わかっちゃいましたか？」

「うん、バレバレ」

ライオネルは悪戯《いたずら》が成功した少年のように笑って、腕を差し出した。クララはそっと自身の腕を絡めて並び立つ。

いよいよ舞踏会場へ入場だ。

「今夜はこの格好でシちゃう？」

耳元で囁《ささや》かれて、全身の血が沸き立った。

「ライ様、こんなところで何を言って……！　もう、入場ですよ！」

くつくつと笑うライオネルを横目で見ながら、クララは会場に足を踏み入れる。

まず目に入ったのは、とてつもなく大きなシャンデリアだった。天井いっぱいに水晶が煌《きら》めいている。

ちなみに、今夜の招待客はホーギア国でも権威のある貴族や民族の長《おさ》が集まっているらしい。ライオネルとクララの入場に、「よっ、将軍皇子！」「妖精聖女ちゃん、可愛いー！」と歓声が飛んできて、クララも思わず笑ってしまった。

「本当に皆さん自由なんですね」

「あぁ。ホーギア国に来るたびに、人生楽しんだもん勝ちだなって思うよ」

魔法道具によってふわりふわりと浮かぶ、酒の入ったグラスと軽食が載った小皿が近づいてきた。

ライオネルは慣れた手つきでグラスを二つ取り、一つをクララに渡す。

「乾杯」

赤ワインを口に含むと、葡萄《ぶどう》の芳醇な香りが鼻腔を通り抜けていった。

まずはパートナーとの時間を楽しみ、そのあとで他の客とダンスを楽しんだり交流したりするのがホーギア流だ。

「いちゃいちゃしているところに申し訳ないね」

「ミドル王太子殿下！」

クララたちが軽食を口にしていると、いつの間にかミドルが後ろに立っていた。全く気がつかなかった。

「聖女様、体調はどう？」

「もうすっかり元に戻りました。ご心配おかけしました」

「それは良かった」

ミドルが流れるような仕草でクララの手の甲に口づけしようとするけれど、ライオネルが即座に阻止する。

今まで言い寄ってきた男性は夫だけだったので、こういうときどう振る舞えば正解なのか、クラにはわからない。ただオロオロと視線を彷徨《さまよ》わせてしてしまう。

「狭量な男は嫌われちゃうよ？」

「うるさいな。——そうだ、クララ。一つ言っておくことがあった。今夜は申し訳ないけど、俺かミドルのそばから絶対離れないと約束してくれる？」

「はい。それは構いませんが……」

「ミドル、クララに傷一つでもつけたら……」

「あーわかってるわかってる！」

ミドルはライオネルを軽くあしらいながら、熱視線を送ってくる令嬢たちに手を振る。

（ミドル殿下もかなり自由奔放な方ね……）

ホーギア国にいると、常識が塗り替えられて正常な感覚が麻痺してしまいそうだ。

ライオネルに両手を握られる。

「ごめん、少しだけ席を外すね。待ってて」

「はい。行ってらっしゃいませ」

クララが微笑むと、ライオネルも釣られるように微笑んだ。

そして、すぐに表情を引き締め直し、ライオネルはどこかへ行ってしまった。

「あ、そうだ。聖女様に今回の治療のお礼をしたいんだけど、何か希望はある？」

「治療は外交の一環ですから、我が国の外務大臣と話していただければ――」

「個人的な感謝の気持ちだから、是非とも何か贈らせてほしいんだ。なんでもいいよ！」

ミドルの好意を無下にするのも失礼に当たる。そういうことなら、とクララは首を傾げながら考えた。

（欲しいもの……）

だが、物欲が全くないクララには何も思いつかない。

それを察したのだろう、ミドルがあれやこれやと提案してくれた。

「例えばだけど、女性に人気なのは他民族伝統の装飾具とか、美容に効く道具とかかなぁ。あとは新婚だから、夜の営《いとな》みのお供に性玩具とかもいいね。ホーギアの性玩具は種類も豊富でおすすめだよー！」

「えっ、あ、そう、ですか」

意外なものを勧められて反応に困る。それを面白がるように、ミドルはクララの肩を抱いて耳元に顔を近づけてきた。

「ライに内緒で渡してあげようか？　ライの喜びそうなもの、僕が選んであげるよ。あいつの性癖はねぇ――」

「あのっ！　ありました欲しいもの！」

放っておいたらとんでもないものをプレゼントされそうで、クララは慌てて声を張り上げた。

「ん？　なになに？」

「ミドル殿下は、ライオネル様と子どもの頃から親交があったんですよね。ライオネル様の小さい頃の絵姿や記録ってあったりしますか？」

「うーん、もしかしたら魔法道具に映像が残っているかもしれないね。そんなものが欲しいの？」

「はいっ！　是非いただきたいです！」

ライオネルそっくりなユリビスを見るたびに、ライオネルの幼少期はどんなだったのだろうかと、常々知りたいと思っていたのだ。

「いろんな魔法道具があるのに、そんなものを欲しがるなんて……聖女様の心根の美しさに勝てる者は、きっと大陸にはいないね」

「……ミドル、殿下？」

ぐいぐいとミドルに押されて壁際に追いやられる。やがて、壁に両手をついたミドルに囲われてしまった。

「ライが羨ましいな。こんな素晴らしい女性を伴侶に迎えられて」

「あの……近くないですか？」

「そう？　そんなことないと思うけど」

言いながら、ミドルの顔が少しずつ近づいてくる。後ろが壁では逃げることもできず、クララは甘い色気を纏《まと》った瞳を見つめながら固まってしまった。

次の瞬間、突然会場の明かりがすべて消えた。昼のように眩《まぶ》しかった場所が、すべて暗闇に包まれる。舞踏会を楽しんでいた紳士淑女たちからどよめきや悲鳴が上がった。

不測の事態が起こったことは明白だ。緊張してクララの肩に力が入る。

「始まったか。聖女様、絶対に離れないで」

意味深な言葉を漏らしたミドルの吐息を頭上に感じた途端、シャランと玉がぶつかり合う音がして、首に重みが増した。何かがかけられたのだ。

クララが不思議に思い、手で確かめようとしたとき、勢いよく扉が開かれる音とともにライオネルが現れた。燃えさかる松明《たいまつ》のような道具を手にしている。

ライオネルが松明《たいまつ》を軽く一振りすると、会場全体に光の玉が行き渡った。照明の魔法道具により、会場は再び明るさを取り戻したのだ。

「ライ様……！」

ミドルの肩越しに見えたライオネルは軍服のマントを揺らし、魔法の光を纏《まと》っていた。背後にはたくさんの騎士を従えている。

(素敵……！)

こんな状況にもかかわらず、まるで英雄のような夫の姿に頬が紅潮する。

ライオネルに見惚れていたクララは、自分に襲いかかる黒い影に気づくのが遅れてしまった。

「――……危ないっ！」

「きゃあぁ⁉」

ミドルとクララの周囲を黒い影が覆う。しかし、ミドルにつけられた首飾りの白銀の石が光を放ち、二人を守るように結界を張った。

柔らかな光に包まれる中、ミドルが大きく息を吐く。

「ふぅ、危なかったー。聖女様が傷を負ったら、僕がライに殺されちゃうところだったよ」

「あの、これは……」

ミドルはクララを守るように背に庇う。

クララは、自分の首にある首飾りがミドルと同じものであることに気づいた。魔石である銀色の玉が、二人を邪悪な影から守ってくれているようだ。

（なんだか、あの黒い影から私に対する悪意を感じるわ……）

自分が狙われているかもしれないと想像し、クララはぶるっと身震いする。

「大丈夫。ライの大切な人は僕が守るよ」

ミドルは振り向いて、パチンと軽快にウインクした。

向こうのほうにいるライオネルも、クララの様子を窺《うかが》っている。妻の安全を確認したあと、声を張り上げた。

「シャンデリアの水晶だ！　それに細工がされている！　すべて叩き斬れ！」

ライオネルが騎士たちに指示を飛ばしながら、先陣を切って駆け出した。

舞踏会に参加していた紳士淑女たちは散り散りに移動し、騎士団に道を開ける。

ライオネルは飾りだと言っていた剣を鞘から抜くと、鋭い刀身が現れた。中央のシャンデリアから垂れ下がる水晶に斬りかかった。透明なカケラが、ライオネルの剣に切り刻まれてチリと化し、すっと消えていく。

「一体何が起こって――」

「今は動いてはだめだ」

ライオネルのもとに駆け寄ろうとするクララをミドルが制す。クララは魔法道具の結界に守られながら、事の顛末を見守ることしかできない。

ライオネルと騎士たちが無数にあった水晶をすべて斬ると、クララとミドルを取り巻いていた影が離れていく。黒いモヤのような影は一人の女性まで近づくと、霧散して跡形もなく消えた。

ライオネルはその女性に剣先を向けた。

「そこの深緑色のドレスの女だ！　捕らえて証拠を押さえろ！」

「ハッ！」

ライオネルの指示のもと、ホーギア国の騎士たちが一斉に女性に飛びかかり、あっという間に拘束してしまった。

「いやあああっ！　どうして!?　作戦は完璧だったはずなのに！」

年嵩《としかさ》の女性は、黒髪を振り乱して必死に抵抗していたが、屈強な騎士に四肢を押さえつけられては降参するしかない。女騎士が女性の体に手を触れて何かを探している。

「ライオネル殿下、ありました！」

「よくやった。これが元凶か」

ドレスの下、左太ももに隠すように巻きつけてあったのは、黒々として不気味な古本。それを手にしたライオネルは後処理を騎士たちに命じて、ようやく剣を鞘に戻した。

一部始終を、クララはミドルに守られながら会場の壁際でただ呆然と見つめていた。

「終わった、みたい。怪我人もいないね、良かった」

「ライオネル、さま……」

今回の事件を起こした犯人を無事捕らえたところを見届けて、ミドルはクララの首にかけていた首飾りを外した。

(ユリビスが言ってたのって、もしかしてこのことだったのかしら)

王城に向かう馬車の中で、ライオネルかミドルから決して離れないようにと忠告されたことを思い出す。

おそらく、襲ってきた黒い影はクララを害そうとする悪意だ。あの女性は、もしかしたらクララに——慈愛の聖女に敵意を持っていたのだろうか。

とにかく、ユリビスから得た情報を元に、ライオネルとミドルは協力してクララを守り、犯人を捕らえたのだ。

擦《す》り切れた黒い本を持って、ライオネルはクララたちのもとへ駆けつけた。乱れた髪をくしゃりと掻き上げる。

「クララ、大丈夫?」

「あ……はい……」

軍服姿で大勢の騎士を従え、奮闘するライオネルの姿は言葉で形容しがたいほど輝いていた。美しくて逞《たくま》しくて凛々《りり》しくてカリスマ性があって。その彼に蕩けるようなまなざしを向けられて、クララはギャップに目眩《めまい》がしそうになる。

(こんなときに不謹慎だけれど……! ライ様がかっこよすぎる……っ!)

顔が火照《ほて》っている。ライオネルを直視できなくて思わず目を逸らしてしまった。

「ミドル、ありがとう。だけどクララと近すぎる」

「いやーもし何か飛んできたらいけないと思ってさ。身を挺《てい》して守っていたんだから、少しくらい許してよ」

「……チッ。はい、これ。あとは任せた」

「ありがとうね、ライ。助かったよ。詳細は明日ね。じゃあ、素敵な夜を！」

ミドルはおどろおどろしい本を受け取ると、魔法道具を使ってさっさとどこかへ転移してしまった。

ライオネルとミドルの息の合ったやりとりが速すぎて、クララの頭が追いつかない。

「ごめんね、離れてしまって。心細かったでしょう？」

「いえ……」

クララは必死に熱を冷まそうと顔を伏せた。こんな大事件の最中に夫にときめいていたなんて、不謹慎極まりないと呆れられてしまう。

会場は慌ただしく後始末が行われている。せっかくの舞踏会だけれど、今夜はこれでお開きだろう。

「服が破れちゃったな……。クララ、一緒に来て」

ライオネルに付き添い、会場をあとにする。来賓として来ているクララたちが手を出すことはできないので、あとはホーギア国の人たちに任せるしかない。

客室へ戻ると、ライオネルは先ほどの騒動で破れたマントを脱ぎ捨てた。

「突然で驚いたでしょう？」

「はい。もしかして、これってユリビスが――」

「うん、ユリビスが教えてくれたんだ。今夜の舞踏会で、クララに黒いものが襲いかかると」

「ユリビスの、未来予知の能力……」

「本当にすごい能力だよ。あの子には助けられた」

慈愛の聖女が産み落とす子には、女神の祝福が宿る。ユリビスの左目は、未来に起こることを映像として見せてくれるのだ。我が息子の唯一無二の能力に頭が上がらない。

「事前にミドルにも相談して最善の策を練った結果、武術が得意な俺が前に出ることにしたんだ。本当はクララに危険が及ばないようにしたかったけど、自国じゃないからどうしても行動に制限があって……クララを囮《おとり》にするようなことをして本当に申し訳ない」

「いえ、この通り私は無事ですし、ライ様とミドル殿下が守ってくれたので問題ありません」

自分を囮《おとり》とされたことに嫌悪感は全くなかった。そうしたことで被害を最小限に抑え犯人を捕らえることができたのだから良かった。むしろ、自分は何もせずただ守られていただけなのが申し訳ないくらいだ。

「あの黒い本は何だったのですか？」

「きちんと調べてみてからじゃないとわからないけど、おそらく黒魔術書の類《たぐい》だと思う。もしかしたら〝神聖力が効かない毒〟にも関わっているかもしれない。女神を悪とする新興宗教団がいるらしく、本を持っていた女はその一員だったのだとしたら……。今回の一件で真相が明らかになるはずだ」

「そうですか……！　それは良かったです」

すべてが最善の形で終結した。それも、ユリビスとライオネルのおかげで。

人として立派な行いをする二人を誇らしく思う。

（あんな事件が起きたあとなのに……不思議。何も怖くない）

異国の地で黒魔術が絡む事件の現場に居合わせても微塵も不安がないのは、ライオネルがそばにいてくれるから。

――最強で最高の、私だけの皇子様。

改めてこんな素敵な人と結婚したことが信じられなくて、ふわふわした心地になる。

ライオネルは豪奢《ごうしゃ》な剣をテーブルに置くと、窮屈な首元を緩《ゆる》めた。

そのさりげない仕草さえもかっこいい。クララは再燃してしまいそうになる胸の高鳴りを、必死に押し留めた。

「心配だし、ユリビスの様子を見に行こうか」

「そうですね」

ライオネルの提案に頷く。

ユリビスは予知であの邪悪な影を見たはずだ。もしかしたら不安で眠れないでいるかもしれない。

続き扉を通り、そっとベッドへ近づくと、すっかり寝入っているユリビスがいた。口が少し開いていて、気持ち良さそうに夢の中にいる。暑かったのか、掛布を足で蹴っていた。

無邪気な寝姿に、二人は顔を見合わせクスリと笑うと、捲《めく》れ上がった掛布を胸元までかけ直す。

ユリビスは「んん……」と身じろぎして、寝返りを打った。

「ユリビス、ありがとう。愛してるわ」

起こさないようクララは小声で囁《ささや》いて、額《ひたい》に軽くキスを落とす。

いつもと変わらない様子を確認して安心した二人は、再び続き扉を通って客室に戻った。

「ぐっすり眠っていましたね……えっ、ライ様？」

突然ライオネルに腕を強く引かれて、クララはベッドに押し倒された。柔らかなマットレスがギシッと鳴る。さらに仰向《あおむ》けになったクララが逃げられないよう、四肢で囲い込まれた。

「さて……クララ。正直に白状しようか」

「え？　何のことでしょう……？」

紫水晶の瞳がクララを鋭く射貫く。

優しい父親の顔から一転して、獰猛《どうもう》な雄の表情に変わった。

「ミドルのこと……そんなに気に入った？　俺以外の男に言い寄られて、嬉しかったの？」

「ミドル殿下ですか？　そんな――」

「ああ、クララから他の男の名を聞くだけでも嫌だ。クララは俺のものなのに……あんなに顔真っ赤にして嬉しそうに……っ」

ライオネルはぎゅっと眉間に皺《しわ》を寄せ、下唇を噛み締めた。悔しさと情けなさを滲ませた瞳は、真っ直ぐクララを見つめている。

もしかして……これは嫉妬というやつでは!?

カァッと体温が上がる。ライオネルの勘違いなのだけれど、クララに向ける愛情の深さを実感して、嬉しさが込み上げてきた。

「ミドルがいいって言われても絶対許さないから。絶対にクララは渡さない」

「んんっ」

強く唇を押しつけられ、歯がガチッと当たる。舌を強引に吸い上げられて、舌裏まで掻き回される。熱烈に求められて、荒々しい口づけさえも嬉しく感じてしまう。

独占欲をむき出しにしたライオネルに、きゅんきゅんとときめきが止まらない。

(軍服姿でこれは……反則……！)

あっという間に思考も体も蕩けてくる。下腹部の奥からじわりと溢れてくる感覚のあと、股の間が湿り気を帯びてきたのがわかった。

ライオネルのものになりたいと、全身が彼を求めていた。

「すき……」

唇の隙間から感情が溢れる。

ライオネルは一瞬驚いたように肩を揺らして、溶け合った唾液を吸い上げてから唇を離した。

「ミドルに守ってもらって嬉しそうにしてたのに？」

「あれは……違うんです。その、軍服が……」

言いながら、クララは気まずそうに目線を下に移す。

黒地に金の刺繍《ししゅう》の装飾が美しく、ライオネルの逞《たくま》しい体躯《たいく》にぴったりな衣装は、いつもより雄味が強くてドキドキする。

「もしかして、俺の軍服姿に……？」

「……っ、そうです、だってすっごくかっこいいんだもの……！　そんな格好で剣を振るっていたら、あんな状況でもときめくに決まってるじゃないですかっ！」

　クララは正直に白状した。

（だって好きなものは好きだし、かっこいいものはかっこいいんだもの！）

「ミドルに見惚れてたのではなく……？」

「ライ様の軍服姿に見惚れてました！　皆さんが一生懸命奮闘してくれていたのに、本当にごめんなさい！」

　守られている当の本人は夫の勇姿に惚れていたなんて、ホーギア国の騎士たちには申し訳なくて顔向けできない。

　今だって、軍服を着崩したライオネルにベッドに押し倒されているこの状況に、心臓が破裂しそうなのだから。

「へぇ……そっか。そういうことね」

　ライオネルの声色に艶《つや》が灯り、高貴な紫瞳が獰猛《どうもう》に光った。この熱のこもった眼差《まなざ》しは、クララのよく見知っているものだ。

「じゃあ約束通り、このままシようか」

「や、約束なんて、しましたか……？」

「じゃあもう寝る？」

「……っ」

黙り込んで視線を彷徨《さまよ》わせるクララに、ライオネルは喉の奥で笑った。

「そんな物欲しそうな顔して……襲ってって言ってる？」

ライオネルは舌舐めずりをしながら、軍服のボタンを外した。豪奢《ごうしゃ》な衣服から覗く、逞《たくま》しい筋肉美に視線を奪われる。「見過ぎ」とくつくつと笑われたけれど、これを見るなというほうが無理だ。

クララはライオネルの首裏に腕を回した。

「お……襲って？」

恥を忍んで言葉を絞り出すと、ライオネルは悪戯《いたずら》を思いついたように口角を上げた。

「じゃあ自分で下着を脱いで、脚を広げて？」

「え……」

「襲ってほしいんでしょう？　ほら、脚立てて」

ドレスの裾をたくし上げられ、絹の靴下の上からふくらはぎを撫でられる。

「あの……っ、せっかくのドレスがシワになってしまいます……」

「そんなの、手入れすればどうにでもなるよ。ねぇ、早く。軍服脱いじゃうよ？」

「うぅ……」

一度決めたら、ライオネルは実行するまで言い続ける。クララは早々に観念して、ドレスの裾をゆっくりと捲《めく》り上げた。

靴下留めを外し、絹の靴下を脱ぐ。ライオネルはクララの一挙手一投足をじっと見つめている。

焼けつくような視線を受けながら、クララは腰で結ばれていた下着の紐を解いた。濡れた秘所が外気に触れ、ひやりとする。

「あぁ……糸引いてる」

ライオネルの呟《つぶや》きにいよいよ羞恥《しゅうち》に耐えられなくなって、クララはぎゅっと目を瞑《つぶ》った。

「よくできたね」

クララは大きな手のひらで頬を撫でられて、うっとりと目を開いた。

いじわるされたかと思うとこうして甘やかされて、完全にライオネルの手のひらで転がされている。でも、それを心地よく思ってしまっている自分がいた。

「キスだけでこんなに濡らしたの？　それとも……ミドルと一緒にいたときからこうだった？」

「ちが……っ！　ライ様だけ、私がこんな風になるのはライ様の前だけですっ」

クララが求めるのはライオネルだけ。これだけは絶対に誤解されたくなくて、必死に言葉を連《つら》ねる。

そんなクララを見下ろしながら、ライオネルはベルトを外し、下衣を緩《ゆる》めた。

「俺とキスしてこうなったの？」

「あ……う……はい……」

口づけだけで感じてしまう淫《みだ》らな体だと自白するようで、恥ずかしくて居た堪《たま》れない。

ぐっと両脚を持ち上げられ、秘裂に屹立を宛がわれた。熱くて硬い馴染みのある感覚に、体が期待で震える。

「すごい、ぬるぬるしてるのわかる？　こんなに濡れてたら、前戯なしで入っちゃうかもね？」

「あっ……あっ……」

浅く先端を挿《い》れては抜く。今にも貫かれてしまいそうなこの状況に、ライオネルに愛されるのを待ち侘びたクララの心拍数が上がる。すでに体はぐずぐずに蕩けていた。

「欲しいってえっちな顔してる。かわいい」

「らい、さま……っ」

しかし秘裂の入り口に押し当てるだけで、決して中には入ってこない。欲しくてたまらなくて、もどかしくなったクララはライオネルに目で訴えた。

「襲ってほしい？」

「ん、うん……」

「でも、触ってないのに挿《い》れたら痛いかも――」

「痛くても、いいの。だから……」

焦《じ》らすライオネルに我慢できなくなって、クララはねだるように軍服の上着の裾を握りしめた。それを引っ張って、早く中に来てほしいと訴える。

一瞬何かに堪《こら》えるように歯を食いしばったライオネルは、上着を掴んでいたクララの手を取り、指を絡ませた。

「今夜はクララを甘やかしたい……痛いことはしたくないんだ」

ライオネルが体を離そうとしていることを察して、クララは慌てて両脚を彼の腰に絡ませた。

「いやっ！」

「クララッ⁉」

しがみついた衝撃で、雄の先端が中に埋まる。こうなったら、もう止まらなかった。

両脚でライオネルの腰を引き寄せて、もっと深く繋《つな》がりたいと求める。

「待っ――！」

ライオネルの慌てた声を無視して、クララはさらに脚に力を込めた。窮屈な蜜洞に肉塊が沈んでいく感覚に、ぞくぞくする。

待ち焦がれた熱さに、クララの腰が勝手に熱を求めて動く。

「ああ……！」

「くっ……すごい、クララの中、熱くて溶けそう。そんな締めつけられたら、自制できなく、なる……っ」

「我慢、しちゃいや。いっぱい、もっと、して。ライさまで満たしてほしいのっ」

羞恥心《しゅうちしん》をかなぐり捨ててそう言うと、ライオネルの理性の糸がぷつりと切れた音が聞こえた気がした。

「せっかく甘やかしてあげようと思ったのに……煽《あお》ったのはクララだからね？　やめてって言ってもやめてあげないから」

軍服の上着をはだけさせたライオネルは、肉食獣のような瞳でクララを見下ろす。欲情を露《あら》わにした表情を見て、クララの胸が期待でいっぱいになる。

最強で最高の旦那様に愛されたいと、それしか考えられなくなる。

「やめないで……っ、あああ――ッ！」

腰と腰がぴったりと密着し、最奥を穿《うが》たれる。興奮して焦《じ》らされてすっかり蕩けた体は、痛みなど微塵もなくて、ただただ気持ちいい。

「ああ……中、とろとろで気持ちいいよ。痛くはなさそう……だね？」

「んっ、うん、きもちい……」

「ふふ、良かった。クララがこんなにやらしくて敏感な体だったなんて、知らなかったな。もちろん俺の前でだけだよね？」

「うん、うんっ」

悦楽に浸りながらもクララは必死に頷く。こんな風に乱れてしまうのはライオネルにだけ。襲われたいのも貫かれたいのも、一生ライオネルにだけ。

ぐりぐりと屹立で中を掻き混ぜられながら性感帯を刺激され、すぐに悦楽に支配されてしまう。

次第に頭が陶然としてくる。

「……っ、なんか今日すごく感じてる？」

刺客に襲われて命の危険を感じたからなのか、ライオネルの軍服にときめいているからなのかはわからないけれど、自分でもいつもより昂《たかぶ》っているという自覚があった。

今なら言える。クララはずっと胸に秘めていたことを口にした。

「ライさま……赤ちゃん、ほしい。ライさまとの赤ちゃんがほしいです……っ」

ユリビスを妊娠して、お腹が大きくなって、出産して。そのとてつもなく幸せだった時間を、もし可能であるならば、今度はライオネルと共有したかった。

最愛の人と愛し合って、家族と笑い合って――長年憧れ、欲しくてたまらなかった存在が、今クララの手の中にある。

聖女として人生の長い時間を治癒に捧げてきたけれど、クララにとってライオネルとユリビスは生きるすべてだ。家族のためならば、クララは何だってできる。

ライオネルはクララの目尻に溜まった雫を指で拭《ぬぐ》いながら、当たり前と言わんばかりにくしゃりと笑った。

「俺もだよ。これから先、一生クララに愛を注いであげる」

甘い口づけが降ってきて、クララは四肢を夫の背に回してしがみついた。

愛おしい、大好き、離れたくない、離したくない――大波のように押し寄せてくる愛情で胸がいっぱいになって、体がもっと熱くなる。

すっかりクララの体を知り尽くしているライオネルは、敏感に感じるところを的確に蹂躙《じゅうりん》する。あっという間に絶頂に達してしまって、少し落ち着いたと思ったら、乱れた軍服姿の彼にときめいて――またねだるように雄を締めつけてしまう。

きっとクララは、死ぬまでライオネルに恋をし続けるのだろう。

次第に律動が激しくなって、腰を打ちつけ合う卑猥な音とギシギシとベッドが軋《きし》む音が大きくなる。

「俺のクララ――」

遠慮を捨てたライオネルに激しい腰使いで翻弄《ほんろう》され、重たすぎる愛を受け止めて。

二人は、蕩けるように甘美で幸せな異国での夜を過ごした。

濃蜜ラブファンタジー

ノーチェブックス

一途な溺愛に
蕩かされる——

わたしを抱いたことのない
夫が他の女性を
抱いていました、
もう夫婦ではいられません

天草つづみ
イラスト：伏見塚つづ

結婚から二年、未だ純潔な身であることに不安な気持ちを募らせていたブリジット。そんな中、夫の不貞が発覚する。「君は他の雌《ひと》とは違う、特別な子なんだ」異常な執愛に翻弄され、離婚も許されず囲われてしまう。しかし、夫が不貞を続けていた現場を義弟であり幼馴染のベルナールと目撃したことによって事態は急変し——⁉

詳しくは公式サイトにてご確認ください
https://noche.alphapolis.co.jp/

濃蜜ラブファンタジー

ノーチェブックス

Noche BOOKS

あなたはもう、俺のモノ

捨てられ王女は黒騎士様の激重執愛に囚われる

浅岸 久

イラスト：蜂不二子

嫁入り先で信じがたい裏切りに遭った王女セレスティナ。祖国へ連れ戻された彼女に大国の英雄リカルドとの縁談が舞い込んだ。だが初夜に現れた彼は「あなたを抱くつもりはない」と告げて去ってしまう。再びの愛のない結婚に嘆くセレスティナだが、夫は何かを隠しているらしい。部屋を訪れると、様子のおかしなリカルドに押し倒され――!?

詳しくは公式サイトにてご確認ください

https://noche.alphapolis.co.jp/

濃蜜ラブファンタジー

ノーチェブックス

Noche BOOKS

つれない態度は
重めの愛情の裏返し!?

癒しの花嫁は冷徹宰相の執愛を知る

はるみさ

イラスト：サマミヤアカザ

幼馴染のアヴィスとの結婚を夢見てきたメロディア。念願叶って彼との婚姻が決まるが、アヴィスは素っ気ない態度。実は彼は社交界でのメロディアの悪い噂を聞き、彼女が自分を好きだと信じられずにいた。婚姻後、メロディアは勇気を出して初夜に誘うが、その直後、気を失って……!?　素直になれない二人の、実は熱愛・執着系ラブロマンス!!

詳しくは公式サイトにてご確認ください
https://noche.alphapolis.co.jp/

濃蜜ラブファンタジー

ノーチェブックス

Noche BOOKS

執着王子に甘く暴かれる

婚約者が好きなのは妹だと告げたら、王子が本気で迫ってきて逃げられなくなりました

Rila

イラスト：花恋

伯爵令嬢のアリーセは、ある日婚約者が自分の妹と抱き合っているのを見かけてしまう。そのことを王太子で元同級生のヴィムに打ち明けると、「俺の婚約者のフリをしてくれないか」と提案される。王命で彼と婚約しているフリをすれば、穏便に婚約者との関係を清算できるかもしれない……フリでいいはずなのに、四六時中激しく求められて——？

詳しくは公式サイトにてご確認ください

https://noche.alphapolis.co.jp/

この作品に対する皆様のご意見・ご感想をお待ちしております。

おハガキ・お手紙は以下の宛先にお送りください。

【宛先】

〒150-6019 東京都渋谷区恵比寿 4-20-3 恵比寿ｶﾞｰﾃﾞﾝﾌﾟﾚｲｽﾀﾜｰ 19F
（株）アルファポリス　書籍感想係

メールフォームでのご意見・ご感想は右のＱＲコードから、
あるいは以下のワードで検索をかけてください。

アルファポリス　書籍の感想　検索

ご感想はこちらから

本書は、「アルファポリス」（https://www.alphapolis.co.jp/）に掲載されていたものを、
改稿、加筆のうえ、書籍化したものです。

執着系《しゅうちゃくけい》皇子《おうじ》に捕《つか》まってる場合《ばあい》じゃないんです！

聖女《せいじょ》はシークレットベビーをこっそり子育《こそだ》て中《ちゅう》

鶴れり（つるれり）

2025年 4月 25日初版発行

編集－羽藤 瞳・大木 瞳
編集長－倉持真理
発行者－梶本雄介
発行所－株式会社アルファポリス
〒150-6019 東京都渋谷区恵比寿4-20-3 恵比寿ｶﾞｰﾃﾞﾝﾌﾟﾚｲｽﾀﾜｰ19F
TEL 03-6277-1601（営業） 03-6277-1602（編集）
URL https://www.alphapolis.co.jp/
発売元－株式会社星雲社（共同出版社・流通責任出版社）
〒112-0005 東京都文京区水道1-3-30
TEL 03-3868-3275
装丁イラスト－沖田ちゃとら
装丁デザイン－ナルティス（尾関莉子）
（レーベルフォーマットデザイン－團 夢見（imagejack））
印刷－中央精版印刷株式会社

価格はカバーに表示されてあります。
落丁乱丁の場合はアルファポリスまでご連絡ください。
送料は小社負担でお取り替えします。
©Tsurureri 2025.Printed in Japan
ISBN978-4-434-35636-0 C0093